DARIA BUNKO

君に降る白

朝丘 戻。

illustration❋麻生ミツ晃

イラストレーション❋麻生ミツ晃

CONTENTS

君に降る白

——大事なことを言う時は、　いつも小声になる。

1　うつむく白

高校を卒業してから二年。僕は昼と夜ふたつのバイトを続けてひとり生活している。

昼は近所の古本屋のバイト。もともと本を読むのが好きだったから始めた。古本屋の方が絶版本などの珍しい本に出会えるし、その店は普段から客が少ないので、静かな職場なのも気に入って二年間ずっと続けている。

夜は指定された服を持ってホテルへ行き、着替えてから決められた時間内、客の相手をする仕事。そろそろ一年半になる。……始めた理由は、とくにない。


その夜ホテルへ行くと、部屋で待っていたのはスーツを着たごく普通のサラリーマン風の男だった。ドアを開けて僕の顔を一目見た途端に意識し始め、

「こ、こんばんは」

と戸惑った様子で苦笑いし、小首を傾《かし》げた。

スタイルがよくて僕より頭ひとつ分身長も高いクセに気弱そうな彼は、かけている眼鏡を何度もなおして目を泳がせる。僕が部屋へ入ってもなにも指示せずベッドの上に腰掛けてソワソワしているので、僕はぼうっと立ち尽くして窓の外の夜景に見とれたりした。

「ええと、その……どうしたらいいのかな、うーんと……」

緊張してくちごもる彼をよそに、僕は肩にかけていた帆布《はんぷ》バッグのポケットからタイマーを出して一時間設定のボタンを押した。

「成瀬《なるせ》さん」

「えっ。は、はい」

「僕、今日指名していただいた藍《あい》です。一時間、よろしくお願いします」

「こ、こちらこそ、お願いします。……藍クン、僕の名前は、どうして……？」

「もちろん店で聞いてきましたよ」

「あ、そ、うだよね……」

「はい。――じゃあ、着替えますね」

「お、お願いします」

成瀬さんは「お願い。お願い……っていうのも、どうかな」と独《ひと》り言をぶつぶつ言いながら俯《うつむ》いて後頭部を掻《か》く。僕は無視してバスルームへ入った。

便座の蓋《ふた》を閉じて上にバッグを置き、ドアを開けたまま声を投げかける。

「服の方は、白シャツと靴下でいいんですよね」

「うっ。……は、い。そうです……」

「開襟はNGで、」

「はい……」

「靴下は膝下までの白いハイソックス？」

「……ハイ……」

「シャツの下は、裸ですよね」

「……だと、嬉しいです」

「下着はどうしますか。脱ぎますか」

「しゃ、シャツの、下から、見えなければい……」

「面倒なので、脱ぎますね」

店を利用する客には色んな趣味の人間がいる。拘《こだわ》る人は細部まで拘るし、一ヶ所でも気に入らなければ〝帰れ〟と追い返されたりもするから、きちんと訊《たず》ねて損はない。

僕は、着ていたダンガリーシャツとTシャツを脱いで、ふにゃりと潰《つぶ》れたバッグの上に放った。次に、店から持ってきた学生服用の白シャツとソックスを取り出し、着る。

準備が整って脱いだ洋服の整理整頓もすませると、シャツのボタンを留めながら戻った。

「……これ、ボタンはどうしますか。上からいくつか、はずしますか」

成瀬さんは僕の姿を見ると目を見開いて真っ赤になり、唇を一文字に引き結んだ。

「は……はい。ふたつで、十分です」

「靴下は？　こんなにきちんとはいて構いませんか。少しズラしましょうか」

「いえ……その感じが、いいです」

「そうですか」

開襟NG、ボタンをふたつはずした白シャツに正しくはき揃《そろ》えた白ソックス。パンツなし。

成瀬さんの正面に立って、僕は彼を見下ろす。

「どうでしょう。スタイルの好みもあると思いますけど、僕で大丈夫ですか」

一応確認をとるが、彼の表情を見ていると訊《き》くまでもない雰囲気だった。僕を見上げて、ほうけている。膝《ひざ》の上に置いていた両手を腹の前で組み合わせて、僕の目や頬《ほお》や唇のあたりを眺め、目を細めてくちを小さく開き、なにか言いたげな状態のまま沈黙してしまった。だから否応なく僕も彼の顔をじっと観察するハメになり、視線を合わせて言葉を閉じた。

細い黒縁のお洒落《しゃれ》な眼鏡。瞳は二重で睫毛《まつげ》が長く、瞬きをするたび目の下を撫でていた。艶のある黒髪は向かって左側から分けられており、前髪も右側に流れて額が覗《のぞ》いている。ワックスでかためていないので所々はねていたが整えられていたし、〝触ってくれ〟と要求されてもベタつかないのはありがたい。スーツも清潔そうで、スマートに着こなしている。指も綺麗で、脚も長い。

改めて真正面から凝視してみると、珍しく整った顔立ちの客だなと思った。……といっても客の顔などあまり見ないし憶えもしないので、朧《おぼろ》げな記憶から抱く感想なのだが。

「……成瀬さん。向かい合っているだけでいいんですか。時間制限、ありますよ」

「あっ……はい。そう、ですよね」

突っ立っていて満足してくれるなら文句はないけど、そんなはずがない。僕が心の中で溜息をつくと、成瀬さんは照れたように苦笑いして後頭部を掻き、俯いた。

なにを言うかと思えば、

「……藍クンがあまりに理想通りの子で、見とれました。……夢みたいです」

などと、まるで初めてベッドインする恋人同士のような甘いセリフをこぼす。

僕は顔をしかめてしまった。

「下着も脱ぎましたが、見えない方がいいんですよね。コレ、ぷらぷらしてていいですか」

「うっ。……その、ちらりと見えるのが、いいです……」

「そうですか」

……変な人だな。

「藍クン」

「はい」

「キミのことを……抱き締めても、いいですか」

声を震わせて僕を真っ直ぐ見上げた成瀬さんが、引きつった微笑を浮かべた。僕は無言のまま胸の奥で覚悟の糸を結び、彼の肩にそれぞれ左右の手を置いて膝に跨《また》がるよう腰を下ろした。

互いの顔が至近距離まで近づくと、成瀬さんは酷く緊張して耳まで赤くなった。不思議に思ってついじっと観察していたら、彼は目が合うたび動揺して僕の眉や目尻に視線をそらし、やがて〝もう降参〟というふうに僕の背を引き寄せて首筋に顔を埋め、逃げた。

……室内を淡い橙《だいだい》色に満たす、ベッドサイドのライトが白いシーツに影をつくっていた。

「きちんと、自己紹介しますね」

「え」

「僕は成瀬恵一《けいいち》といいます。漢字は〝めぐみ〟に〝ひとつ〟で恵一。二十八歳です」

「……あの。僕は本名とか歳は、あまり言いたくないですが」

「あっ。そ、そうか。そうだよね。じゃあ、いいです。僕のことだけ、知っておいてください」

なんのために？　と思ったが黙して流した。本当に変な人だなとしみじみ思う。

自己紹介を求められたのなんて初めてだ。この仕事では、名前など商品番号と変わらない。客にとって僕は、どんな指示にも従う人間のカタチをしているモノであればいいからだ。

「……藍クン、ごめんね。僕はこういう店を利用するのが初めてなんです。……だから、慣れていなくて」

成瀬さんの右の掌が僕の背中を撫で、そっと肩先を覆った。

「反応を見ていれば、だいたいわかります」

「ですよね……」

「まあ、いくら初めてでも、貴方のように童貞の中学生みたいな初々《ういうい》しい人に会ったことは、ありませんでしたけど」

「すみません……」

「なぜ怯《おび》えているんですか。誰も見ていないのに」

僕が上半身を離して問うと、成瀬さんはまだ頬を赤らめたまま拗《す》ねたように睨《にら》み、

「……藍クンが、見ているじゃないですか」

と唇を尖《とが》らせた。面食らった僕も唇をひん曲げた。返答の言葉が見つからず、観念して彼の首に両腕をまわし、脱力する。

僕が見ているとはどういう意味だ。僕についている目は成瀬さんを責めて突き刺すことも、愛おしんで揺れることもない。彼自身そんな割り切った関係を求めていたからこそ、店を利用したんじゃないのか？

「成瀬さんは、変な人ですね」

気が緩んで、思わず本音をこぼしてしまった。成瀬さんは僕の肩の上でふにゃふにゃ笑い、

「本当にごめんね……」

と謝罪してから、僕の背と腰を引き寄せ、さらに強く抱き締めた。


——一時間後、僕達は抱き合ったままベッドの上に座っていた。

別れ際も、成瀬さんは「また電話します」と微笑んだだけで、さらりと見送ってくれた。

一緒にいた間、彼の指が僕に触れた箇所は髪と、シャツ越しの背と肩と腰だけ。肌を舐《な》めるでも嚙《か》むでも叩《たた》くでもなければ、シャツの中に手を入れることすらしなかった。

……なんだったんだろう。なにかの罠《わな》かと勘ぐってみたが、あの人の照れて赤く染まった頬

や、眉を下げて苦笑した目元を思い出すと、人を騙《だま》せるほど悪知恵が働くとも思えない。

本当に抱き締めるだけで満足してくれたのだろうか。イヤ、むしろ抱き締めることに興奮する人だったのか？　……人の趣味は奥深い。

しばらく考えたが、そのうちどうでもよくなった。成瀬さんはまた電話すると言っていた。幾度か会って慣れてくれれば抱き締める以上のことを求めてくるに違いない。

指名客がひとり増えただけだと、最後にそう結論づけて夜道を歩いていたら、そういえば最後まで僕に敬語をつかい続けた客も彼しかいないなと気づいて、また奇妙な気分に包まれた。


僕の中で夜のバイトの客は三種類に分かれる。

〝すごく痛い人〟

〝痛い人〟

〝少し痛い人〟

そこからさらに細かくすると〝面倒な注文をする人〟や〝しつこい愛撫をする厄介な人〟や〝マニアックすぎて疲れる人〟など様々いる。結構多いのが、内気そうなクセにベッドへ入ると急に性格が悪くなる人だ。しかも「欲しいんだろ、言ってみろ」「こんなにして」「淫乱《いんらん》野郎」とかマニュアル通りの安っぽいセリフを投げてくるから、笑いを堪《こら》えるのに難儀する。

でも耐え難い身体の痛みが一瞬で消える方法は、どんな本を読んでも載っていなかった。

「芹田《せりた》。……おまえまた店の本読んでサボってるな？」

名前を呼ばれて振り向くと、出入口の方から上半身を猫背に歪《ゆが》めて歩いてくる男がいた。野宮一紀《のみやかずき》。この古本屋のバイト仲間で、先輩だ。彼を一瞥《いちべつ》してから、僕は黙って本を棚に戻した。そしてその横にあった文庫本を指で傾けて抜き取り、奥のレジへ向かった。

「おいおい、無視して行くな」

「仕事をします」

「その手にある本はなんだよ」

「野宮さんの目を盗んで読みます」

「バラしてるバラしてる」

「本を読んでいることはすでにバレているので、現場を押さえられなければ問題ないです」

「おまえな……。だったら俺より、客に見つからないようにしろよ」

「はい」

カウンターの中に入って椅子に腰掛けたら、野宮さんも来てカウンター下の棚に鞄を入れ、かわりにエプロンを取り出して首にかけた。僕の右横に立ってエプロンのヒモを結びながら正面の出入口の方を眺め、わざとらしく大きな溜息をつく。

「……とはいっても、今日も静かだな。客来たか？」

「買い取りのお客さんがひとり」

「そっちか。買い取りばっかだなあ」

「僕は嬉しいですけど」

「おまえ、ここを自分の家の本棚と勘違いしてないか」

「買ってもいないのに読んだことのない本が増えていくなんて、魔法の本棚ですね」

ったく、とこぼして野宮さんは苦笑いした。エプロンのヒモを結び終えると僕に背を向けて屈《かが》み、そこに置いてあった紙袋を覗き込んで「で、これが買い取った本?」としげしげ眺め始める。しゃがみ込んだ野宮さんをなにげなく見下ろしていると、ぼわぼわの髪が気になった。

彼は天然パーマだ。整えることも諦めているらしく、いつも寝グセすらそのままでバイトに来る。「もういいんだよ。これが俺なんだよ」とのばしっぱなしにしているけど、時々そのボリュームと風にふわふわ弄《もてあそ》ばれる感触が不快になるのか、突然短く散髪して現れたりした。

僕は普段から他人に関心を持たず、姿形もまともに見ない方だが、彼の髪だけは初めて会った時から気になって無意識に視線で追いかけていた。

「……おい。人の髪をじろじろ見るな」

「いいじゃないですか。減るモンですけど」

「さらさらストレートだからって調子にのりやがってっ。うんこ!」

「中学生ですか」

野宮さんが「腹立つ～」と笑いながら、僕の頭をわしわし掻きまわした。

野宮さんは絵の具の香りがする。大学で絵を描いていると聞いたことがあった。指や爪にくすんだ青や緑の染みをつけている日も少なくない。その香りが、僕は嫌いじゃなかった。

「生意気ばっか言ってると友達減るぞ」

「もともと友達なんかいません」

「そうなのか……。まあ、おまえちょっと正直すぎるしな。高卒でフラフラしてるんだっけ？友達いなきゃ寂しいだろうに」

「僕にはここへ来て野宮さんとしゃべっているぐらいがちょうどいいです」

「ヌイ。〝野宮さんと話していると楽しいです〟とか言えないのか」

「〝楽しい〟ですか……。イヤ、気が紛れる程度ですね」

「コノー、うんこうんこっ」

「幼稚園児」

ばかな会話でじゃれていると、背後にある部屋から店長の佐藤《さとう》さんが出てきて、

「急に賑やかになったと思ったら、野宮クンも来てたのか」

と声をかけてきた。膨らんだお腹を揺らして近づき、半分笑いつつ野宮さんを睨む。

「また藍をいじめてるのかい、野宮クン？」

「違いますよ、いじめられてるのは俺です！」

「どうかなあ〜……？」

「ひでえ！」

騒ぐ野宮さんと、穏やかな低い声で優しく笑う佐藤店長の横顔を、僕は黙って見つめた。

鷹揚《おうよう》な性格の佐藤店長は〝店長なんてくすぐったいから名前で呼んでね〟と言うのが口癖の恰幅《かっぷく》の良い壮年だ。読書家で本に詳しく、僕が〝こんな本が読みたいんです〟と相談すると期待通りの一冊を薦めてくれるので尊敬しているし、節度を守って一定の距離感を保ったまま接してくれるから心地良い。僕にとって数少ない気の許せる存在だ。

佐藤店長がいると空気まで柔らかく感じられる。ふい、と目が合った瞬間、彼は人懐っこそうな笑顔を向けて小首を傾げた。

「藍はまた本を読んで店番していたのかい？」

ハッ。慌てて手に持っていた本をカウンターの上に伏せ、頭を下げた。

「すみません」

「はは。怒っちゃいないよ。いつも一緒に読んでるだろ？」

「……はい。ごめんなさい。お客さんの前では、気をつけます」

野宮さんが僕を横目で睨んだ。佐藤店長はジャケットを羽織って笑った。

「じゃあちょっと申し訳ないが、私はこれからしばらく外出するよ。さっき買い取った本はチェック済みだからふたりで棚に並べておいてくれるかな？」

僕達が揃って「はい」と返事をすると、佐藤店長は僕の頭を撫でて手を振り、出入口へ向かって「行ってきます」と出かけてしまった。

……自動ドアのガラス越しに太陽の光が差し込んでいた。肌寒いけど日差しは暖かい日だ。

「〝お客さんの前では気をつけます～〟って、なんだアレ。おまえは店長にだけは素直だな」

ゴチた野宮さんは、早速袋の中に手を入れて本の整理を始めた。大雑把な彼は、文庫本を五冊ぐらいずつ鷲掴《わしづか》みにして出しては、ドカドカ積んでゆく。すぐカウンターの上にガタガタの本の山がいくつも出来上がり、右横で揺れだした。僕は黙って文庫本のバランスを整えながら作業を続けた。

そもそも彼の大雑把は今に始まったことじゃない。客に対する礼儀や対応には厳しいクセ、本の扱いは昔から乱暴だ。絵を描いていると聞いた時は繊細そうな印象を抱いたが、この二年間繊細だと思ったことは一度もなかった。

昔、辛抱しきれず「貴方《あなた》の大事なお客さんが探し求めて来るのは、この本達なんですよ」と注意したこともあったが、「ああ、悪い。古本だと思うとどうもなあ」と、軽い口調で流されて以来、叱《しか》るのもやめた。

彼は新しくて綺麗なものは大事にするのだ。そう思ったら、なにも言えなくなった。

「にしてもおまえ古本屋のバイトだけでよく生活出来るな。一人暮らしじゃなかったっけ?」

……古本屋だけなんて、言った記憶はない。

「野宮さんは他にバイトしてますか」

「してるよ。駅前の大きな文房具屋。画材とか安く買えていいんだよね」

「なるほど」

「なんで一人暮らししてるんだ？　夢を追いかけて上京してきたとか？」

「気楽なだけです」

「おまえ、金持ちの家のお坊ちゃんだろ？　親に仕送りしてもらって好き勝手してるな？」

冗談ぶった口調で野宮さんがからかってくる。仕送りなんかもらってない。家が裕福なわけでもない。でもそんな個人的な事情を教える必要性は感じられず、僕はくちを結ぶ。

するとその時、グラグラ揺れていた本がとうとう傾いて倒れ、僕の右腕の上に落ちてきた。野宮さんが文庫本の上にハードカバーの本を置いたのが原因のようだ。分厚い本が僕の腕に重たくのしかかって激痛が走り、思わず声を殺して身を竦《すく》めてしまった。腕を動かすことが出来なかった。

「あちゃ。芹田、ごめん。……って、どうした？　そんなに顔しかめて、大げさに痛がりすぎだぞ。打ち所悪かったか？」

雪を掻き分けるようにザッザと本を横によけた野宮さんは、僕の腕を強引に掴み上げた。

僕は下唇を嚙んで悲鳴を堪え、顔をそむける。左手で野宮さんの手を払ったが、彼はまた僕の腕を容赦なくグイと掴んだ。

「……いいです、触らなくて」

「いいわけがない、心配だろ」

「心配なんて、らしくない」

「折るぞ、この細い腕〜っ」

服の袖をめくられた。野宮さんの笑い声は一瞬で消えた。

「芹田、これ……」

振り向かずとも、その驚いて震えた声だけで野宮さんの表情は容易に想像出来た。

今日、僕の腕には痣《あざ》と縛られた痕《あと》がある。昨夜の客が〝すごく痛い人〟だったからだ。

僕はすぐに服の袖を戻して、再び本の整理を始めた。

野宮さんは右横に突っ立ったまま沈黙している。

個人的な事情は教える必要性を感じない。しかし妙な勘違いをされて警察やその手の保護団体に連絡されたら困るので、これだけ教えた。

「家族にはなんの問題もありません。恋人もいませんよ。大丈夫。ぶつけただけですから」

野宮さんはこたえない。見返したら、眉間にシワを寄せて戸惑った空気を漂わせていた。

「僕の腕、折るんじゃなかったんですか……？」

途端にムッと唇を突き出した野宮さんが、今度は不機嫌な態度でカウンターの下の棚から救急箱を取り出した。〝紙は手が切れやすいから〟と、佐藤店長が用意してくれているものだ。

「痣はともかく、擦り傷は消毒してバンドエイドぐらい貼っておけよ」

「え、なにするんですか。いいですよ」

「よくないっつの」

大雑把な野宮さんは、傷の手当ても乱暴で強引だった。けど包帯の巻き方が意外と上手い。

「あー、なんか懐かしいわ。弟も小さい頃よくケガしてたからなあ」

「弟さん、いらっしゃるんですか」

「いるよ。今高校生。ガキってなにするンでも手加減知らないだろ？　大変だったよホント」

愚痴《ぐち》りながら包帯留めをつけて手当てを終えた野宮さんは、

「痛いの痛いの飛んでいけ～」

と子どもをあやすようにおどけて、僕の腕からパッと指を離した。狭い古本屋の天井に向けて両手をあげ、得意げに笑う。髪がぼわんと弾んで綿菓子のように揺れた。

いささか驚いたものの、僕も彼の言葉を心の中で復唱して、そうだ、そんな呪文があったなあと、笑ってしまったのだった。


〝痛いの痛いの飛んでいけ〟

〝痛いの痛いの飛んでいけ〟

僕は繰り返し唱えた。

〝飛んでいけ〟

〝飛んでいけ〟

下半身を襲い続ける異物感を受け流して痛みに耐え、ベッドが軋《きし》む鈍い音だけ頭の隅で追いかけながら唱え続けた。

〝痛いの痛いの、飛んでいけ〟

夜のバイトはお金になるし、頭をつかう必要もなくただ寝ていればいいからラクだけど、痛いのは苦しい。

「もっと力抜けよっ。キツイだろ……！」

そう言われても、客に〝少しぐらい感じさせてくれないと、身体がほぐれない〟などと、僕の我が儘《まま》を押しつけるわけにはいかない。僕は歯を食いしばって両手を握り、目をきつく閉じた。下半身から痛みが迫り上がって脚がつり、全身強張って冷や汗が滲《にじ》み出る。

やがて客が「あぁ、あぁぁ……」と恍惚《こうこつ》とした声を洩らし、僕の中に欲望を吐き出したかと思うと、お腹の上にも生暖かい液体が飛び散った。瞑《つむ》っていた目を薄く開いたら、客がいやらしい笑みを浮かべて、楽しげに僕の身体に生臭い精液をかけていた。

顔を横に向けると、ベッドサイドにあるライトの光が見えた。優しい色だった。

あの人は、僕に気をつかう変な人だったな。

……成瀬恵一。名前、知っておいてと頼まれたから、忘れないようにしないと。

ホテルを出て店へ戻る途中、赤いバラの花束を持って嬉しそうに歩く女性を見かけた。

そういえば昨日読んでいた本に、『幸せで世界がバラ色』という一文があった。バラ色ってどんな色だろう。僕が知る限りでもバラは五色ある。赤とピンクと、白とオレンジと黄色だ。でもたとえその五色のどれかだとしても、僕は知らない世界だと思った。

僕の世界は淡々として音がなく、暖かくも寒くもない秋の雨の前の曇り空のような灰色だ。物心ついた時からずっと、そんな色だった。

……野宮さんには〝家族に問題はない〟と言ったが、僕の両親は、僕の本当の親ではない。子どもが出来なかったふたりは僕が生まれてすぐ実の親から養子として引き取り、僕を育てたのだ。しかも実の親は、養父の妹夫婦だった。

もちろん自分が養子だと知っただけでもショックを受けて、養父母との距離のとり方に苦心させられた。けど実の親がすぐ傍にいる現実はさらに重すぎて、僕は心を塞《ふさ》いで生きてきた。

正月に親戚同士集まるのが嫌で仕方なかった。

僕が「お父さん」「お母さん」とくちにするたび、得意気に喜ぶ養父母。

その横には僕を他人のように「藍クン」と呼ぶ、実の親。

投げかけられる言葉すべてが槍になり、偽りの笑顔全部が怖かった。それに本当の親のもとには僕の実の姉がいて、彼女を可愛がる両親を見れば、余計心を掻き乱された。

なぜ僕だけ引き離されたのか。最初に生まれた姉は必要で、あとから生まれた僕は他人に譲っても惜しくなかったということか。考えれば考えるほど感情が畝《うね》って迷宮へ堕《お》ちていった。

養父母は僕が養子だからと後ろ指をさされないよう必要以上に厳しく躾《しつ》け、劣等感を抱かせないために、歪んだ愛情を向けた。僕が養子であることを人一倍意識し、〝養子だなんて気にするな〟と口癖のように繰り返していた。

差別とは、それを声高に主張する人間こそが、もっとも差別している。本当に気にしない人間は、黙って受け入れるからだ。

養父母が〝おまえはうちの息子だ〟と繰り返すたび、他人だという感覚は深まるばかりで、両親のことも養父母のことも忘れ、ひとりくちを噤《つぐ》んで膝を抱えている時間だけ、幸福でいられた。

誰にも縋《すが》れなかった。僕自身を見て愛してくれる〝親〟はどこにもいなかった。

学校のクラスの子達が母親の手作りハンバーグの味を自慢したり、父親と河原でキャッチボールをして笑ったり、自分の意志で夢を探したりしている姿が酷く眩《まぶ》しくて、遠かった。

……店へ着いてカウンターの前を通り過ぎると、待機室へ移動しようとした僕をオーナーが「おい、待て」と呼び止めた。振り向いたらオーナーは不愉快そうな顔で椅子を立ち、右手で苛々《いらいら》と後頭部を掻きながら僕のところへ来た。

「その腕の傷。また乱暴されたのか？」

「……はい」

「はい、じゃないだろ!? うちはそういうサービスはしてない！ 危険を感じたらすぐ店に連絡してこいって何度も言ってるじゃないか！ 住所登録までして会員制でやってる意味わかってっか、あぁ!?」

「……すみません」

「いいのは返事だけだな、ったく……。一応ブラックリストに入れておく。今会ってきた客がやったんだろ？」

僕は沈黙した。確かにさっきまで一緒にいた客も〝すごく痛い人〟だけど、腕の傷をつけた客は別人だ。返答に困っていたら、オーナーは「今度は返事も嫌になったか!?」と怒鳴った。

「客を庇《かば》ってるのか？ 乱暴されるのが好きか。それとも客を好きになったか!?」

「僕の客は乱暴な人ばかりだから減ってしまったら困るし、ひとり消えても、またひとり来ます。キリがないです」

「ただイチャイチャするのが好きな客だって大勢いるんだよっ」

「無理です。僕、こんな性格ですから」

「ああー……そうだな。おまえとイチャつきたがる客なんていないか。想像出来ないわっ」

僕と五歳違いの若いオーナーは、髪を真っ茶色に染めてスーツを着崩し、臭い香水を漂わせながら歩く。ネクタイを緩めてズボンのポケットに手を突っ込むと、舌打ちして僕を睨んだ。

　僕は彼に嫌われている。規則違反をする客から守ろうとはしてくれるが、相性が悪いのか、会話をしていると必ず衝突する。仲良くしたいとは思わないけど喧嘩はさけたい。でも僕はそうする方法がわからない。

　僕に顔を寄せたオーナーは、歯を食いしばったまま文句を吐き捨てた。

「俺は一応注意したからな！　……街でスカウトした時はこんな奴だと思わなかった。年相応に見えないロリ体型で、黙ってりゃいい商品になるのになあ」

　香水と酒の香りがきつくて、僕はこっそり息を吐いて蹴散らした。

　――世界は静かな、灰色だ。

　成瀬さんが再びやって来たのは、最初に会った日から半月ほど経過した、風の冷たい金曜日の夜だった。

「なにしてるんですか」

　着替えをすませて戻ると、彼は窓際の椅子に腰掛けて、薄汚れた紺色の巾着袋の中を探っていた。僕の声に反応して顔を上げ、眉を下げて苦笑いする。

「……ちょっと薬を飲んでいたんです」

「薬？　身体、悪いんですか」

「いえいえ、単なる胃薬です。……実はさっきまで接待でお酒を呑んでいたから、もたれちゃって。昔から胃腸が弱いんですよ」

接待。胃が弱い。……僕にまで敬語をつかう彼は、やっぱりお人好しなのかな。周囲に気をつかって負担を背負い、自分自身を痛めつける様子がさらりと想像出来た。

僕が成瀬さんの左横に近づくと、彼は巾着袋から出したピルケースを開け、薬をひとつ取ってくちに入れた。ケースは小分けになっていて、同じ形の薬がいくつか入っている。

「買った時のまま、箱で持ち歩いているわけじゃないんですね」

「はい。よく飲むし、こうしておいた方が便利なんです。重宝してます」

屈託のない笑顔で頷《うなず》いた成瀬さんは、ペットボトルの蓋を開けて水を飲んだ。家で椅子に腰掛けてひとりで薬のセットをつくっている姿が浮かんだ。

巾着袋もだいぶ年季が入っている。紺の柔らかそうな生地に、薄い桃色の花の刺繍《ししゅう》がしてある巾着袋だ。生地はくたびれてよろけ、所々色褪《いろあ》せていた。

「……刺繍、綺麗ですね」

僕はしゃがんでテーブルの上の巾着袋を見つめた。桃色の花は二輪。よく見ると梅のようだった。白に近い柔らかい桃色が、美しく表現されている。

ペットボトルを置いて巾着袋を手に取った成瀬さんは、微笑しながらしみじみ眺めた。

「これはどうしても捨てられないんです。使い古したものほど、思い出も詰まっていますし」

「思い出、ですか。……どんな思い出なんですか」

「もともと中学生の頃に祖母がつくってくれたものなんですよ。コタツに入って老眼鏡をして背中を丸めてチクチク縫ってくれる姿を、僕は横で見ていました。それを思い出すと温かい気持ちになって、ずっと大事にしようと思うんです。……藍クンに綺麗だと言ってもらえて、嬉しいです。余計大切なものになりましたよ」

照れたように笑う成瀬さんが、ほんのり頬を赤くする。

……この人は古くて汚れたものも愛すのか。新しいものだけじゃない。古びて汚れたものも簡単に捨てたりしないのか。

ふいに、僕も自分の祖母のことを思い出した。僕が養父母と実の親の間で様々な葛藤を抱えて縮こまっている時、いつも静かにやって来て絵本を読んでくれた。今思うと僕が本を好きになったのも、祖母の影響に違いない。

僕は左手の指先をのばして、巾着袋の刺繍の表面にほんの僅《わず》か、触れた。

「……成瀬さん。気分、悪くないですか」

「あ、ええ。平気ですよ」

「接待の帰りだったのに、なぜ来たんです？　胃薬を飲むほど、疲れていたんでしょうに」

成瀬さんは一瞬表情を失った。そして再びふわりと微笑し、首を傾げて言った。

「……だからですよ。接待で疲れたから、藍クンに会いたくなったんじゃないですか」

「むしゃくしゃして、セックスしたくなったんですか?」

「し、しませんよそんなこと。むしゃくしゃも、してません。……藍クンと一緒に過ごしたかったんです。それだけです」

僕は驚いて、目を瞬《またた》いた。

今日は金曜日の夜。ふたりの客の相手が終わって、もう帰ろうかと思っていた十時過ぎに、成瀬さんから連絡がきた。疲れていたけど二度目の指名を断ったら今後に影響すると思って渋々来たのに、この人は顔を見られればそれでよかったというのだろうか。

「本当にしないんですか。もう二度目です。怯えたり気づかったりする必要、ないですよ」

「いえいえ……なら、また抱き締めさせてください。お話ししながら抱き合うだけで十分です」

成瀬さんは僕を見下ろして微笑んだ。左手で僕の頰を包み、目元を撫ぜる。……彼の瞳が揺れて、僕を見つめたまま遠くのものをうつすような儚《はかな》げな色になり、鈍く光る。

僕は立ち上がって成瀬さんの膝に跨り、首に両腕をまわして俯《うつぶ》せた。

左側の窓ガラス越しに、群青色の空とビルの明かりが見える。

成瀬さんの広い胸が温かい。父親に抱かれるのはこういう感覚だろうか。成瀬さんの適度に筋肉のついた両腕が僕の腰を包み込むと、温もりが増した。

この人は三種類のどれにも当てはまらない。全然痛くない。いうなれば〝ラクな人〟だ。

……この暗い灰色の世界にも、こんな人がいたんだな。

「成瀬さん、貴方どうして白シャツが好きなんですか」

「うっ。唐突ですね。どうして、と訊かれても、それは説明出来ることじゃ、ないです……」

「柄シャツは駄目なんですか」

「ないですね」

「ない……」

「ないです」

なにが違うのだろう。僕は疑問に思いながら成瀬さんの後頭部のハネた髪を指でいじった。

「無地なら白以外でもいいんですか？　赤とか黄色とか、水色は？」

「……水色なら、いいかな……藍クンには、似合いそうですね」

成瀬さんも僕の背中をゆっくり撫でる。

「靴下も、白が一番好きですか。やはり柄ものは駄目？」

「制服のワンポイントハイソックスならありです」

「制服も好きなんですか？　僕のお客さんで、学ランを好きな人がいますけど」

「制服なら、出来ればブレザーがいいですね……。学ランは首が苦しそうで……」

「確かにブレザーはシャツだから首元がゆるゆるですね」

「はい。ボタン、はずしたくなります」

上半身を離して成瀬さんの目をじとと睨んだ。

成瀬さんは視線をそらして横に流し、頬を赤らめて居心地悪そうに眼鏡のズレをなおした。

「貴方は、首筋や鎖骨が好きなんですか」

「……。一番好きなのは、胸です」

「僕は貴方に胸を見せたことがありません」

「ありますよ」

「ボタンふたつまでじゃ、乳首は見えない」

「角度によって見えます」

「……成瀬さん。貴方、チラリズム萌えなんですね」

「萌えって言わないでください……」

いつの間に見ていたんだ、と呆れたが、そんなささやかなスケベさも彼らしかった。情けなさそうに苦笑する成瀬さんの目元のシワを、僕は指でつまんだ。「いた」と彼は目を瞑る。

「貴方の前に裸で立ったら、帰れって言われそうですね」

「……その時は、ベッドに入りましょう。布団の中で抱き締めれば、身体が少し隠れます」

「乳首、丸見えですよ」

「下半身は見えません」

「奥が深いですね……」

「たとえば裸に靴下だけでも、それはそれで〝萌え〟です」

「足の先が隠れるだけで、なにがいいんですか？」

「わかりません。ストイックに感じるんですかね……。とても色っぽく見えるんですよ」

「僕は貴方が裸に靴下ひとつになったら、笑います」

「それはきっと、僕も笑いますよ」

想像したらおかしくなった。僕が吹いたら成瀬さんも苦笑いになって、一緒に笑った。

客と他愛ない話をして無防備に笑い合った経験など一度もなかった。成瀬さんがセックスに執着のない変態でよかったなあと思っていたら、彼は椅子の背もたれから上半身を離して、僕の胸に額を寄せた。

「……嬉しいです。藍クンは、僕のこんな変態じみた話を普通に聞いてくれるんですね」

「ちゃんと引いてますよ。僕は白シャツも靴下も、どうでもいいですもの」

「そ、そうだよね……」

「はい。ただこの仕事をして慣れましたし、成瀬さんが相手なら嫌悪感も少ないです。チラリズムのむっつりスケベ加減、成瀬さんのイメージにピッタリですから」

うぅっと赤くなって唸《うな》った成瀬さんが、「イメージかー……」と呟《つぶや》きながら僕のシャツに額を擦《こす》りつけて甘えた。僕も彼の髪を見下ろして、寝グセのように立っている箇所を指で梳《す》いてから頬を寄せて抱き締めた。

窓の外の店の看板が輝いて綺麗だった。

夜がこんなにもゆっくり流れゆくものだなんて知らなかった。

成瀬さんの身体は春の日だまりのようで、指は優しくて柔らかい。

……客が皆、この人と同じ趣味ならいいのに。

「藍クンは、いい匂いがしますね」

ふいに、成瀬さんが無邪気に笑った。しかし、

「今日は、シャワーを二度浴びてますから」

と僕がこたえたら、

「あ……そう、か」

彼は少し沈黙した。

窓ガラスの向こうに遠くのマンションの階段にある灯りが見えた。チカチカ点滅して、今にも消えそうだった。

「そうですよ」

僕は言った。

「……そうですよね」

成瀬さんも、もう一度こたえて重く頷いた。僕の腰に両腕を絡め、少し強く引き寄せる。

夜の深い群青の中で寒風に押されてカタチを変えてゆく雲が見える。

成瀬さんの腕が僕を縛る。

「成瀬さん、また僕と会おうと考えていますか」

「え。……はい、出来れば、会いたいです」

「じゃあ、お願いがあるんですけど、聞いてくれますか」

「なんですか？」

「今度から、スーツの上着は脱いで待っていてください」

「あ、はい。ごわごわしますよね……すみません」

僕は成瀬さんの髪に頬を寄せたまま身をまかせた。

パタパタ点滅を繰り返す消えそうな灯りをぼんやり眺めていると、心がシンと無音になった。

胸の奥にも温もりが沈み、海の底を漂うのにも似た浮遊感と深い安堵が僕を満たした。

彼には、他の客から感じられない独特な熱がある。

「……成瀬さんと話していると、楽しいです」

「？　僕、楽しい話をしましたか……？」

素直な感情を届けようとしたけど、失敗したようだった。でもくち下手な僕はどんな言葉をつかえば正しく伝わるのかよくわからない。成瀬さんが温かいことぐらいしかわからない。

だから仕方なく、目を閉じて彼の腕の中で少し眠った。

僕は微風が音をさらう静寂の中で、ふいに会話が止まる瞬間が好きだ。

古本屋で佐藤店長と一緒に店番をしていると、そんな刹那《せつな》が幾度も訪れ、長い間支配する。だが、かと思えば佐藤店長は再び会話を差し込むのも上手で、低く心地良い声で囁《ささや》くように話しだす。

「……藍が本を読んでいる顔は、いつ見ても幸せそうだね」

見返せば、横にはほわりと微笑んでいる佐藤店長がいた。ここが、始終ガヤガヤしゃべり続けている野宮さんとは違う、佐藤店長の素敵なところだ。

会話に「幸せです」とこたえると、彼はにこりと微笑んで僕の読んでいる本を指さした。

「その本は私も昔読んだよ。とくに大事件があるわけではないけれど、家族の温かい触れ合いを淡々と描いているお話だよね」

「はい。単調な空気がいいです。つまらないと思う人も、いるでしょうけど」

僕が頷いたら、佐藤店長は僕の目を見つめて沈黙した。首を傾げると、苦笑を洩らして僕の頭に右手をのせ、優しく撫でた。

手の中にある本の文字を、どこかから入る白い日差しが照らしている。……そういえば佐藤店長の家族はどんな人達なんだろう。

「若い頃父にね。〝結婚しなくてもいい、子どもだけはつくれ〟と怒鳴られたことがあるよ」

「子ども、ですか」

「ン。〝子どもはいい加減な感情でつくるものじゃないだろう？〟と反論すると父は言った。〝家族をつくらなかったら、おまえの死を看取《みと》ってくれる人間はひとりもいなくなるんだぞ〟って。……あの言葉の意味が、最近ようやくわかってきたよ。父なりの愛情も」

佐藤店長の手が離れた。視線で追いかけた先に、佐藤店長の横顔があった。

佐藤店長は今も独身だ。お兄さんがいると以前聞いたが、それ以外はなにも知らない。出会った時からひとりで、朝になったら古本屋を開け、夜になったら閉めている。その繰り返し。

……自分の家族がない孤独か。自己欲のために子どもを欲する親を見ると養父母を連想してつい過敏に反応してしまうが、僕はそういった個人的なトラウマや感情は横へ置いて、佐藤店長の横顔に浮かぶ心情をうかがった。その瞳には寂寥《せきりょう》が滲んで、緩く揺れていた。

「佐藤店長。僕、まだこの古本屋を辞める気はありませんよ」

僕の言葉に、佐藤店長は目を丸くしてから小さく笑い、また僕の頭に手をのせた。

日差しが次第に、橙へと色を変え始めている夕方だった。

寒さが深まる頃、成瀬さんと知り合ってから三ヶ月が経過した。

時は過ぎてゆくけれど、月に一、二度しか会わない僕達の時間の流れは遅く、互いの髪型などが若干変わるだけで、他はほとんど同じまま。

成瀬さんは〝スーツを脱いで待っていて〟と頼んだのにも関わらずいつも忘れて、会うたび僕を呆れさせた。

「どうして忘れてしまうんですか」

「……ごめんね。ついその……楽しみで他のことが考えられなくなってしまうというか……」

「まだそんなこと言ってるんですか。いい加減、慣れませんか」

「慣れません」

「きっぱり言い切りましたね……」

「だって、藍クンに会えると思うから、僕は毎日頑張れるんですよ」

「？　どういう意味ですか」

「すごく勝手な話なんですけど……僕は、最近は辛いことがあるたびに〝これを乗り越えれば藍クンに会える〟と自分に言い聞かせて耐えているんです。でも、もちろんすぐには会いに行かず、耐えて耐えて、耐えきれなくなったら会いに行く。その繰り返し」

……相変わらず、成瀬さんの言葉は不可解だ。

僕は彼の膝の上で顔をしかめて、頭の中を整理してから会話の続きを拾った。

「つまり、金銭的なことですか？　働いて稼がないと僕には会えないから頑張ると……？」

「いえいえ、違いますよ。もっと単純な、心の支えみたいなものです。藍クンの存在が僕に力を与えてくれているんです」

「はあ……」

「そんなことを続けていたら辛いことが起こると逆に嬉しくなってしまって、もっと辛いことはないかなと、苦痛を心待ちにするほど脳天気になりました。胃もだいぶよくなりましたよ」

無邪気な彼の笑顔は、僕をさらに混乱させた。

「……他のお客さんは、皆セックスしたくなったら来るんですよ。僕等は欲望の捌《は》け口であって、心の支えじゃありません」

するとほんの微《かす》か、成瀬さんの手が僕の背中から離れた。

俯いた彼の顔を覗き込んだら、眉を歪めて複雑そうな苦笑いを浮かべている。

「……。はい。藍クンに、会えてよかったです」

成瀬さんは僕を抱き寄せ、胸に唇を押しつけてくちを結んだ。……今の沈黙はなんだろう。

成瀬さんの顎《あご》を強引に上げて、びっくり眼《まなこ》になった彼に追求した。

「なにを考えたんですか？」

「え……？」

「今、少し黙ったでしょう」

「い、いえ、なにも」

「貴方、自分で嘘が上手だと思ってるんですか」

「思ってないです……」

成瀬さんが吹き出す。笑顔が戻った。そう思った途端、彼は僕を抱えて上半身を捻《ひね》り、ベッドの上へ横たえた。手と脚が互いの身体に絡み、柔らかい布団の上で向かい合う。とうとうセックスをしたくなったのか、と考えたら、彼は右手で僕の乱れた髪を梳いて、

「ごめんね、足が痺《しび》れました」

と囁いた。

彼の指が時々僕の額に触れて熱が落ちる。……あれ。そういえば客に〝なにを考えたのか〟などと訊ねて心を探ったのは、初めてだな。

成瀬さんの目が細くなって微笑に変わった。瞳の中の光が震えて、掌が僕の頬や耳たぶを撫でた。僕は彼の指に寄り添って、ゆっくり呼吸した。……どうも、この人の前では気が緩む。でもこんな無愛想で可愛げない僕のなにを彼が気に入って、心の支えにしているのか、よくわからない。

「貴方が僕に執着するのは、きっと白シャツを着ているからですね」

成瀬さんはくち元で含み笑いしてから、僕の後頭部を右の掌で覆ってしみじみ言った。

「それだけではないですが……当たらずとも遠からずです。僕は自分の偏った趣味というか……白シャツのことなんかをね、ずっと秘密にしてきたから」

「なぜ」

「なぜって……言えませんよ、恥ずかしいし申し訳ない」

「申し訳ない？　恋人に自分が好きな格好をしてもらうのは、普通じゃないんですか？」

「イヤ……恋人、いませんから」

「いたことはあるでしょう」

「いいえ。……ないです」

　僕は顔を上げて成瀬さんを見返した。どんな表情をしているのか、知りたかった。

　彼は遠い瞳で、なにか諦めたような、孤独そうな、寂しげな微苦笑をこぼしていた。泣きそうにも見えて、僕は彼が俯かないよう左手で彼の頬を押さえた。

「意外ですね。成瀬さんはわりと男前なのに」

　照れて苦笑する様子も素敵だ。決してモテないふうには見えない。

　僕がじっと彼の表情を凝視していると、眼鏡の奥の目を擦った彼は静かに話しだした。

「……僕は、結構若い頃に自分の性癖を自覚したんですよ。女の子より、男を意識していたんです。それで、まあ……かなり葛藤して、自分を好いてくれた女の子と付き合ったりしたものの、結局友達以上の感情を持てなくて、別れて」

「やっぱり、恋人いたんじゃないですか」

「恋人と呼んでいいのかな……彼女に抱いたのは罪悪感だけでした。あんな過ちは二度と繰り返すまいと決めて以来、ずっとひとりです」

「男の人と、出会いはなかったんですか」

「ありません。片想いはしたけど、女の子の話を楽しそうにする相手に、好きとは、言えませんでした」

成瀬さんが視線を下げて微笑み、哀しい顔をする。僕の右手を握り締めると、指と指を絡めて体温を繋《つな》ぎ、続けた。

「僕の性癖も趣味も、すんなり受け入れてくれたのは藍クンだけです。……重たくて、息苦しい悩みでした。自分で自分を憎み、責めた日々もありました。なのにキミは僕が僕でいることを許してくれたんです。特別な人なんです」

奇妙な人だ。何度となくそう思うけれど、今回は彼がこれまで背負い続けた苦しみと痛みが僕の胸にもいくらか伝わってきて、同情が生まれた。

お人好しで内気な人だから、夜の店へ電話するのさえ勇気がいっただろう。同性愛者といううしろめたさを背負って寂しさを誰とも分かち合えず、最後に耐えきれなくなって手をのばした先にいたのが、僕だったのだろうか。

……〝僕が僕でいることを許してくれた〟という彼の言葉を、心の中で復唱した。

僕はただ彼の胸の中で熱に沈むだけの、無力な人間なのに。

「藍クンと、ふたりで出かけてみたいです」

「無理ですよ」

「……ええ、そうですよね」

「白シャツ靴下の半裸状態で外を歩くのは、さすがにイヤです」

「そ、そんなことは望んでませんっ。もし藍クンと外で会ったらどこへ行くのかなとか、なにをするのかなとか、考えるだけで幸せな気持ちになれるんです。そういう意味です。服はちゃんと着てていいんです」

焦る成瀬さんの頬が赤くて、僕は笑ってしまった。出かける場所か……。

「成瀬さんは、ベタなこと期待してそうですね。遊園地でお化け屋敷に入って怯えながら抱き合ってみたり、映画を観て感動的なシーンで手を繋いでみたり、公園の湖でボートに乗ってみたり」

「それは恋人同士がすることですよ……」

「ああ、そうか。僕達が外で会うとしたら他人同士ですね」

さらと洩らした自分の言葉が成瀬さんの表情を凍らせて、心を貫いたのがわかった。

彼は唇を引き結んで睫毛を震わせると、笑顔を繕ってから僕を胸に抱き寄せ、顔を隠した。

「……藍クンの仕事を否定する権利はないし、むしろ感謝しなければいけません。キミがあの店で働いていてくれてよかった。……よかった。……本当に、幸せです」

成瀬さんの暗闇に触れた気がした。

彼の腕に縛られて温もりに浸りながら、僕は急に心が焦りだして〝今は客のために優しい言葉をかけるべき時に違いない〟と判断し、彼のシャツを摑んだ。

「昔と違って、同性愛を軽蔑する人は減りましたよ。出会いの場だってたくさんありますし、あまり思い詰めないで素敵な恋愛してください」

「素敵な恋愛……ですか」

「成瀬さんなら愛想よくて可愛らしい恋人、きっと出来ますよ。白シャツ靴下にもなってくれるし、いくらでも外で会えるし、どこまでだって行けます。頑張ってください」

我ながら、らしくないセリフが出たものだと感心した。いつか小説で読んだ言葉でも記憶していたのだろうか。

しかし成瀬さんの声音は哀しい色をしたまま変わることなく、

「……はい。ありがとう、藍クン」

と無理矢理絞り出したような囁きが、ほろりとこぼれてきて僕の胸にぽつ、と降った。

「籠《かご》の中の鳥みたいですよね……僕と藍クン」

「……そんなロマンチックに考えたこと、一度もありません」

「はは。そうか、ロマンチックかー……」

ふいに成瀬さんの両腕が僕をきつく縛って潰した。

刹那、アラームがピリリと鳴って空気を切り裂き、背中から彼の指先が離れて落ちた。

『家へ帰りたくなかったのは、雨のせいじゃなかった。

ただなんとなく学校に残って廊下を歩いていた私は、教室の外にある生徒用のロッカーの彼の名前の前で立ち止まった。左右を確認してみるが、廊下は遠く先まで誰もいない。ただ細かい雨の音がサアサア響いて窓に線を描いているだけだった。

彼のロッカーは、隅のペンキが少し剝《は》がれている。そしてへこんだ扉の角。擦れた傷。厚紙に書かれた名前の札。そっと、その黒インクの文字を右手の人差し指と中指でなぞってみた。

無表情な文字に触れただけなのに、彼の頰を撫ぜているような錯覚に陥った。

……彼女もこんなふうに、彼に触れているのだろうか。

ほんの一瞬の幸福と、一生忘れられそうにない、酷い罪悪感が私を襲った。

細かい雨は私の胸にもしとしと降りそそいで、冷やした』

「――藍。また本を読んでるのかい？」

背後から肩を叩かれてドキリとしたら、佐藤店長が右横からひょこりと顔を出した。

僕はサッと本にしおりを挟み、膝の上に置いた。

「すみません」

「イヤイヤ、驚かせてみただけだよ」

佐藤店長は楽しげに笑うと、手に持っていたジャケットを広げて袖に手を通した。財布の中を確認して内ポケットへしまい、

「藍、悪いけどちょっと店番しててくれるかな」

と、襟元を正す。

「はい。お出かけですか」

「たいした用事じゃないから一時間もしたら帰ってくるよ。なにかあれば携帯に連絡してね」

頷いたら佐藤店長は僕の頭を撫で、出入口へ向かった。自動ドアの外には薄暗い景色が見えた。そうだ。今日は夕方から雨が降るとニュースで言っていた。

「佐藤店長、傘を持って出た方がいいですよ」

咄嗟に声をかけたら、足を止めて振り向いた佐藤店長は「……店長って、呼ばなくていいってば」と苦笑しつつ傘立てからビニール傘を取って僕に軽く手を振り、出かけていった。

……数十分後、雨は降り始めた。

強くなったり弱くなったり、雨音のリズムも変化する。

僕は読んでいた本の中の世界と現実世界が雨で結ばれた気がした。まるで主人公と同じ音を聴いているかのような錯覚を抱く。目で辿る〝しとしと〟という文字が、音になって耳を撫でる。

指の感覚も意識もすべてここにあって、僕はただ呼吸を繰り返しながら本のページをめくっているだけなのに、頭の中に描いた物語の空間に生きているような気持ちになった。そこへ、日に焼けた古本の匂いと雨のつくる沈黙が降りそそぐと、心まで酷く落ち着いて満たされた。

雨音以外、わからなくなる。

次のページをめくった時、現実から離れかけていた意識が自動ドアの開く雑音に反応して、強引に引き戻された。反射的に顔を上げたら、傘を閉じながら入ってくるひとりの客がいた。

――成瀬さんだ。

驚いて息を呑んだ。傘を傘立てにしまった成瀬さんも、僕がカウンターにいるのを見つけると、あ、とくちを開いて立ち尽くした。

彼は何度も目を瞬いて〝どうしてキミがここに？〟と問うている。

〝近所に住んでいるなら、こんな偶然も仕方ないんでしょうね〟と僕は溜息をつく。

途方に暮れた。この一瞬でプライベートが露《あら》わになってしまったのだ。

もう一度息をこぼし、僕は膝の上の本に再び集中した。すると彼も俯き加減に顔をそむけ、左手に持っていた鞄を右手に持ちかえると、濡れた髪を撫でつけながらビジネス書の棚の方へ移動した。

本を手に取ってめくる成瀬さんが、時々横目で僕をうかがう。僕は無視して読書を続けた。普段は息苦しいほど強い本の香りが遠くなった気がした。サアサアと響く雨音だけが僕達を優しく撫で続けた。

……雨の音が激しくなった頃、足音が近づいてきて僕の前で止まり、

「その本と同じものは、どこにありますか」

見上げると、前髪を横に流して額を出し、幼げな顔で首を傾げる成瀬さんがいた。

湿った服から雨の匂いが浮かぶ。

「これは先日発売された新刊です。店にも入ったばかりなので、この一冊しかありません」

「あ、そうですか……」

「……僕が読んでいたものでよければ、お売りしますけど」

成瀬さんは薄く唇を開いたまま目を細めた。

「読みかけじゃ、ないんですか?」

「構いません」

「なら……お願いします」

頷いた僕は本を右手に持ち、左手で表面を払ってから中を確認した。折り目はないか、黄ばみはないか、一ページずつ角度を変えて丹念に観察し、今まで読んでいた自分の手の余韻が消え失せるまで整える。

横にあるティッシュを一枚取って表紙を拭き始めたら、

「あ、そこまでしなくていいですよ。大丈夫です。全然、綺麗です」

と、成瀬さんが少し慌てて手で制した。

「……綺麗、ですか」

「ええ、綺麗です」

小刻みに二度頷いた成瀬さんを見つめて、僕は止まった。

屋根に弾けてぱつぱつぱつと鳴る雨音。自転車の錆びたブレーキ音。

じっと凝視する僕の目に引きつり笑いを浮かべた成瀬さんは、首を傾げて前髪をしきりに横へ流し、動揺を隠そうとした。彼の目元にある涙のような雨粒を睨む。……それから、僕は視線を落として自分の手を眺め、ティッシュを丸めた。

「……二百円になります」

財布を出した成瀬さんがお金を置いた。本を袋に包んで渡したら、嬉しそうに受け取った。

「ありがとうございます」

それは店員の僕のセリフだ。

「ありがとうございます」

仏頂面で僕も同じセリフを返した。面食らった成瀬さんは、すぐに苦笑した。笑った拍子にはらりと額に落ちた前髪をまた左手の指でよけて、小さく吐息をこぼす。

「本、お好きなんですか……？」

「はい、好きです」

「そうですか……」

柔らかく笑んだ彼はそっと瞳を伏せた。

僕は身構えて次の言葉を待った。絶対に〝ここで働いていたのか〟と訊いてくると思った。

だが彼は身を翻してすっと出入口へ行ってしまった。

……え。


とぼとぼ歩いてゆく成瀬さんのうしろ姿。

紺色のコートの肩の部分が雨に濡れて、黒く色を変えていた。

本を鞄の中にしまって傘立てに手をのばす横顔。

傘の先から滴り落ちる雫《しずく》の光。

最後は振り向きもせず、さよならも僕の名前もくちにしないまま、雨の中へ消えていった。


「芹田、おまえクリスマスとかどうすんの？　もうすぐだぞ」

「どうもしません。バイトしますよ」

街が赤や青や白の電飾で瞬いて美しい時期になり、息が詰まるような冷たい風の中で皆がさざやかな幸福に浸たる頃、野宮さんも浮かれだした。こちらが集中して本を読んでいるのに、横から顔を覗き込んで、辛抱出来ないというふうに話しかけて邪魔してくる。

「バイトっておまえ、夜は普通彼女と過ごしたりするだろう？」

「〝彼女〟がいるように見えますか」

「見えないけど」

……鬱陶《うっとう》しい。僕は野宮さんに背を向けてあからさまに拒絶し、本を読む。

「クリスマス後は冬休みに入るし、皆この時期になると片想いの子に告白して彼女つくってクリスマスケーキを食べて、初日の出を見に行くのが常識だろ。おまえはないの？　ねえ」

うるさい。

「好きな子ぐらいいるだろ？　バイトで接客してるんだし、出会いも盛りだくさんじゃん。俺に隠してるだけじゃねえの～？　なあなあ」

この人はデリカシーがない上に無駄話が多すぎる。だいたい〝普通は彼女と過ごす〟〝皆がするから常識〟って、その発想からして不愉快だ。個人的な感覚を押しつけないでほしい。

「野宮さんと僕の価値観は違います。野宮さんにとってクリスマスも大晦日もバイトする僕は非常識で不幸な人間かもしれませんけど、僕には幸福なんだから放っておいてください」

「あ？　価値観？　難しいこと言うなよ～。好きな子いるのかって訊いてるだけだろ～？」

「僕は恋愛に興味がないんです」

「はあぁ!?　嘘つけ！　男なんだから普通に考えてそれはありえねえだろ！」

また〝男なんだから普通〟ときた。日本で銃の所持と殺人が合法ならさくりと撃ち抜いて黙らせるのに。

僕は本をバタンと閉じて振り向いた。こういう時は相手に自分のことを話させた方がいい。どうせ話を聞いてほしいだけなんだから。

「野宮さんはどうなんですか。彼女は？」

「いねえよ〜」

「片想いの相手は？」

「いねえなあ」

「バイトで出会いは？」

「ないない。あるわけねえよ」

「……。大学で可愛い子は」

「俺、年上好みだから大学関係興味なし」

へらへら笑って右手を振る野宮さん。僕はカチンときて本の角を野宮さんの額の真ん中に振り下ろした。「いってえぇぇ！」と悶《もだ》えて額をさする声も、うるさい。

ふと出入口の方に視線を向けると、サンタの帽子を被ったピザの配達員が通り過ぎた。

店での出会いと言われ、一瞬成瀬さんを思い出した。ここで会った雨の日から二週間。次、夜に会ったら成瀬さんはどんな顔をして僕に接し、なんて言葉をかけて笑うだろう。

内気だとか、小心者だとか。

気が弱いとか、変態だとか。温かいだとか。

あの人の性格から考えれば返ってくる反応も漠然と予想出来るけど、それが現実になるとは限らない。突然豹変《ひょうへん》して僕を支配しようとする成瀬さんの欲を見ることになるだろうか。

……哀しい恋しかしたことがないと話した、彼の微苦笑が脳裏を掠《かす》めた。

数日後、成瀬さんから予約が入ってホテルへ行った。彼と過ごす六度目の夜だった。

「今日は、風が氷のように冷たい一日でしたね。……寒く、ないですか？」

ベッドの端に並んで座ったまま僕が黙っていると、成瀬さんは左横からそっと身体を寄せて顔を覗き込んできた。

「寒く、ないですか？」

同じ質問を繰り返して、心配そうな表情になる。

「寒いです。寒いですよ、こんな格好をしていれば」

「そう、ですよね……」

僕のこたえを聞いて身体を離し、眉間にシワを寄せてくちを結んだ成瀬さんは考え込んだ。ライトの橙色が彼の頬を半分夕日色に染め、長い睫毛の下の瞳を白く照らしていた。

やがてなにをひらめいたのか、ハッと嬉しそうに立ち上がった彼は、急に「じゃあこっちへ来てください」と、僕の手を取ってベッドの枕元へ誘導した。

掛け布団をめくって先にベッドの上へ座り、僕の手を引くので、膝をついて近づくと「どうぞ、座ってください」と、脚の間へ腰を下ろすよう促してくる。

頷いて成瀬さんの前に座って膝を抱えたら、彼は僕を背中から抱き締めて布団でくるんだ。

「この方が、温かいでしょう」

「……はい。温かいです」

「よかった」

よかった。僕はその言葉を心の中で呟く。……なにそれ。

「成瀬さん。この体勢だと、布団に隠れてなにも見えませんよ。靴下も、意味がない」

「気にしないでください」

「気にします。仕事ですから」

「いいんですよ。……うなじのラインがとても綺麗です。こうして藍クンの肩に顔を寄せれば胸も少し見えます」

「……さすがです」

仏頂面で感心する僕の左肩に唇を押しつけて、成瀬さんは吹き出した。

右手が僕の左腕を摑んで包む。大きくて熱くて、背中にも彼の体温が沁み込み、満たした。

……この人といると、他人の温もりは意外と優しいのだと学ぶ。

北の方では、もう何日も雪が降り続いていると、ニュースキャスターが言っていた。

クリスマスは一週間後だ。平穏に過ぎてゆく日常にはなんの不満もないが〝すごく痛い人〟に抱かれたあと、クリスマス気分の恋人達が幸福そうに手を繋いで歩く姿を見て帰る日々に、いきなり成瀬さんの温もりが落ちてくると、奇妙な気分になる。

「藍クン、今日は少し不機嫌ですね。寒い夜にこんな服装を頼んだから怒っているのかな。それとも布団に入るのがイヤだったとか……あ、うなじとか、見られるのがイヤだっ……」

おろおろくちごもり、挙動不審になる成瀬さんの右手が僕の左腕から少し離れた。僕はその手を上から摑んで止め、問うた。

「なぜ気づかうような素振り、するんですか。僕の感情なんて考えなくていいんです。貴方はお客なんですよ。好きなように僕を支配すればいい。優しい言葉をかける必要はないんです」

空気が固まった。しかし耳の横でこぼれた成瀬さんの笑みがすぐにやんわり溶かした。

「じゃあ、こう言えばいいかな。お客の僕は元気な藍クンと一緒にいたいんです、と」

「元気……？」

「支配など望んでいません。僕は藍クンとふたりで、温かい感情を共有したいだけなんです」

温かい、感情。僕は再び彼の言葉を頭の中で繰り返した。でもわからない。わからないどころか、意味不明すぎて胸が不快にざわつき始めた。

「……僕が元気だったこと、ありましたか」

「え。ンー……確かに活発にはしゃいだりしませんが、心の動きは感じますよ。不機嫌な時とか、考え事をしている時とか……」

「僕は〝なに考えてるかわからない〟とばかり、言われて生きてきましたけど」

「もちろん心を直接覗くことは不可能なので、僕の勝手な憶測です。わからないことの方が多いと思います。でもだからこそ心配にもなるし、気づかうんですよ。僕ばかり幸せな思いをさせてもらうのは不本意だもの」

「つまり僕は奉仕せず、風邪をひかず元気に健康でぬくぬくぼうっとしてればいいんですか」

「ええ、そうですね。たまに見せてくれる藍クンの笑顔が、僕にはとても大切なんです」

……ヒゥと細い風の音が聞こえた。僕の掌の中にあった成瀬さんの右手が、俯くように閉じたあと、ゆっくり動いて僕の親指を引き寄せた。

成瀬さんの心は文字の消えた本みたいだ。わかりやすい説明がひとつもない。

僕が成瀬さんの指の温度を睨んでいたら、左耳に彼の頬が触れて熱がこぼれてきた。

微かな吐息と共に、彼の両腕が僕の身体をしっかり包み、抱いた。

彼は僕を支配しないと言ったけど、それは嘘だ。肌の奥まで、彼の体温が浸透してゆく。

僕の身体をこんなふうに強く抱き竦めて熱で支配する人間など、今までこの鈍色《にびいろ》の世界にはひとりもいなかった。

「あ、そうだ」

しばらくして成瀬さんがふわりと身体を離し、左手で胸ポケットを探って、

「笑顔の話で思い出しました。……これ、よかったら受け取ってくれませんか」

と、緑色の小さな巾着袋を出した。

前に見た彼の薬入れの巾着袋とは違う、ベロア風の布でつくられた立派な巾着袋だ。

「なんですか」

「……少しはやいけど、クリスマスプレゼントです」

彼の照れた声が僕の頭にゴツとぶつかって落ちた。目の前に差し出された巾着を見つめて、彼の脳天気な笑顔を振り向いて見上げ、もう一度、袋を確認した。

「プレゼント……？」

成瀬さんの顔が近づき、左側から苦笑い交じりに返答する。

「はい。……とりあえず、開けるだけ開けてみてください」

緑色の袋を睨んで沈黙した。クリスマスプレゼントという言葉をバラバラにして一文字ずつ頭の中に浮かべ、丁寧に細かく吟味しながら自分が置かれている状況を把握しようとしたが、混乱する一方だった。悩むのを放棄したら、〝客の成瀬さんが望んでいるのはこの袋を開けることだ〟とシンプルな結論にやっと辿り着き、仕方なく巾着袋を受け取った。

ヒモをといて逆さまにする。左手の上にころんと落ちてきたのはシルバーの指輪だった。よく見ると、内側に石が埋め込まれている。指輪。……指輪って。

「ごめんね。迷って色々考えたけどクリスマスプレゼントって指輪しか思いつかなくて……」

彼らしいベタな発想だ。

「この石、なんですか」

「えーと……ブラックダイヤ、です」

「ダイヤ？　結婚でもするんですか」

「いえっ、た、他意はないです」

焦る成瀬さんの声を聞いていると逆に図星をつかれて慌てているように見え、呆れた。けどだからといって、手の中にあるこの指輪をどうすればいいのか、わからない。

僕が溜息をこぼしたら、彼は遠慮がちに続けた。

「……身につけなくても、いいんです。藍クンに喜んでもらいたかっただけなんです。困らせては意味がないので、迷惑なら捨ててしまってね」

無理に笑顔を繕って優しく囁く成瀬さん。

僕にも一応〝捨てる〟という選択が彼を哀しませることぐらいわかる。客を傷つけたら失格だと頭では理解出来るし、物をもらうのは強引に抱かれる痛みに耐えるより簡単なのに、今まで突きつけられたどんな要求より難しく感じるのはなぜだろう。

「成瀬さんは、どうしてほしいんですか。貴方の希望通りにします。言ってください」

「え。希望……ですか」

「はい。僕個人では判断出来ないので、お客さんの気持ちに従います」

指輪が室内の灯りに触れて輝いた。また外で風が吹き、静寂を撫でる。

躊躇《ためら》いがちな成瀬さんの声は、冬風に弄ばれて凍える木の葉より震えていた。

「……藍クンは、いつかこの仕事を、辞めてしまうでしょう？」

「仕事？　まあ、一生続けることはないでしょうね」

「ええ。だから叶うなら、僕達が会えなくなっても、持っていてほしいです。これを見てたまに僕と出会ったことを思い出してくれたら、嬉しいな」

「思い出す、ですか」

「藍クンにとって僕は大勢いる客の中のひとりで、こんなプレゼントも、いっぱいもらっているとわかってるんですけど、なにもないよりは、思い出すきっかけになると、思うし……僕は藍クンと出会った奇跡も、一緒にいる時間も、本当に大事で、別れたあともきっと幾度も思い出します。その時キミも、僕のことをほんの少し思い出してくれたら、と願うのは、僕の欲なのですが……」

　繊細で深い、成瀬さんの想いに圧倒された。好意を切々と話して届けてくれる人の横顔など初めて見た。本の中の空想じゃない。これは僕の現実なんだと思うと、余計に奇妙だった。

「え、えーと、で、でもやっぱり、藍クンの好きなようにしてもらうことが一番の望みだよ。無理強いはしません。……変なこと言ってすみません。今の言葉は、気にしないでください」

　支離滅裂だ。支離滅裂な分、成瀬さんの怯えが伝わってくる。僕の顔の横で項垂れて脱力した彼の身体から、自己嫌悪に似た空気が漂っていた。

　……僕は今一度、指輪の石を見つめた。

「成瀬さん。僕、プレゼントをもらったのは、初めてですよ」

「え」

「客に限った話じゃありません。他人に物をもらったのは、生まれて初めての経験です」

「初めて……ですか」

「ええ。――わかりました。この指輪は、貴方の願い通り大事にします」

「あ、イヤ、でも」

「肌身離さず身につけますね。アクセサリー自体初めてなので、変な気分ですけど」

この指輪には上下があるのかな。確かめてみると内側にブランド名が刻んであったので、指先に文字の頭がくるよう持ちかえ、ハマる指を探した。人差し指から順に入れてみる。

「成瀬さん。薬指にしか入りません」

「す、すみませんっ。藍クンの指が細いというイメージだけで、選んでしまったんです」

「いえ、責めてません。ぴったりでありがたいです。なくさなくてすみます」

さすがに左手はどうかと思い、右手の薬指につけた。振り向いて至近距離で真っ直ぐ目を合わせ、右手の甲を向けて指輪を見せる。目を丸くした成瀬さんは、唇を開いてかたまった。

「変ですか」

「あ。いいえ。……藍クンに、とても似合っています」

僕の笑顔が大切だと言っていた。唇をグイと曲げて笑顔をつくったら、彼はすぐに吹き出して僕から顔をそらし「目が、笑ってないよ」と、左手でくち元を押さえた。

指輪がまだ冷たい。

成瀬さんは僕の右手を取ると、「ありがとう、藍クン」と囁いて幸福そうに微笑んだ。

次第に指輪が温まって違和感が消え、僕の身体の一部になったのを実感した。

俯いて、僕は重なり合う成瀬さんと自分の手を見下ろした。……まさか客からプレゼントをもらうなんて。人間らしく扱われる日がくるなんて、思いもしなかった。けれど僕の手を握る成瀬さんの指は確かに温かく、笑顔は嘘偽りなく優しい。

「……ねえ、藍クン。最初会った時に本名は言いたくないと話してたけど……名前、〝藍〟じゃないんですか？」

「プレゼントをあげたんだから本名を教えろ、ということですか」

握っていた僕の手を親指で柔らかく撫で、成瀬さんは首を傾げて微苦笑する。

「そんな取引じみた脅迫しません。イヤなら拒絶してくれて構わないんです。むしろ僕は、拒絶されるとわかっていて訊ねています」

「わかっていて？」

「ええ」

……訊ねずにいられなかった、と言いたいのか。

触れ合う脚。近すぎて、僕のこめかみを撫でる彼の呼吸。鼻先を掠める甘い香り。

自然な素振りで成瀬さんの右手が僕の腰にまわった瞬間、ふとオーナーに言われた言葉を思い出した。……そういえば、この人だけは僕と恋人のように接したがる。

「藍、ですよ。漢字も貴方がオーナーから聞いた通り、藍色の藍です。バイトを始める時、本名じゃなくてもいいと言われたけどなにも思いつかなかったし、気をつけなければいけないのは名前を隠すことじゃなく、その後の対応の仕方だと思ったので、僕は本名をつかってます」

「その後の対応？」

「はい。訊かれても隠し通せばいいし、たとえ僕が本名だとこたえても、客に確認する術《すべ》がなければ真実は謎のままでしょう。所詮、僕達はそれだけの繋がりなんですから」

「ああ……うん。そうだね」

「まあ、知りたいなんて言ってきたのは、今のところ貴方だけですけど」

成瀬さんは僕の顔を真剣に見つめた。そのうち左手で僕の頬を包み、

「確認する術があったとしても、藍クンが嫌がるとわかっていたら、僕はなにもしませんよ」

と穏やかな声で囁いた。あ、と息を呑んだのと同時にバイト先の古本屋で彼と偶然会ってしまった雨の日の情景が蘇《よみがえ》ってきた。そうだった。この人は僕の名前を確認出来るんだ。

成瀬さんはなにを言うでもなく、ただ僕を抱き竦めてこめかみに唇を寄せた。

数分後アラームが鳴りだして沈黙を切り、彼も肩の緊張を落として溜息に似た息をこぼし、僕の後頭部を撫でてにこりと笑った。

「お別れですね」

こめかみに触れた成瀬さんの唇の跡が冷えてゆく。

先にベッドを出た彼に支えられて立ち上がり、洗面所へ向かった。アラームを消すとすぐにシャツを脱ぎ、着替えをすませた。支度を終えて鞄を肩にかけつつ戻ると、成瀬さんはスーツの上着をきちんと整えてベッドに腰掛けていた。横には鞄があり、その上には、

「藍クン。これ、もう読みましたか？」

……あの雨の日、成瀬さんが買っていった文庫本があった。

手に取って僕に差し出した彼は、ほんわり笑って首を傾げている。悪意や企《たくら》みは感じられないが、僕はいささか警戒した。

「……いえ、読んでいませんが」

「じゃあ、お貸しします。僕は読みましたから、返してくださるのはいつでもいいですよ」

「貸す？」

「ええ。素敵な恋愛小説でした。学生時代を思い出す、初々しくて切ないお話。彼女が片想いの彼のロッカーの前で立ち尽くすシーンが、印象的です」

「……知っています。そこまでは読みました。名前を指でなぞるシーン」

「そうそう。彼自身じゃなく、単なる文字に触れているだけなのに幸福や罪悪を抱くって、切ないですよね。恋していると、なにげなくてつまらない些細なことまで鮮明になって、痛くなる。感情移入して読んじゃいました」

　楽しげに話す成瀬さんの手にある、本の表紙を見遣った。真っ白い表紙には、色鉛筆でさらりと描かれた落書きっぽい四つ葉のクローバーがある。ひとりきりのクローバーはS字の川に流されて、遠くへ運ばれていく途中だ。

　僕はただこのシンプルな表紙の絵柄を気に入って、手に取っただけだった。主人公の恋は純愛だなと思ったけど、成瀬さんの感想を聞いて〝感情移入なんて読み方もあるのか〟と感心したほど、客観的に読んでいた。

　恋の痛みなんて、僕は知らない。

「……成瀬さんは本の読み方まで、成瀬さんらしいですね」

「僕らしい、ですか？」

　優しい人だなと思った。この世に存在していない架空の人物にまで心を傾けて寄り添い、胸を痛めて接するのだから。

「胃腸、壊すはずですよ」

「えっ……な、なんでだろう。変なこと言ってしまったかな……？」

「いいえ。褒め言葉です」

「うーん？」

　眼鏡のズレをなおしながら、困って苦笑いする彼。

　僕は本を受け取ると、頭を下げて鞄の中へしまった。

「では、店へ戻ります。今夜はありがとうございました」

ホテルの部屋から出るのは僕が先と決まっていた。成瀬さんは頷いて、

「はい。……次も楽しみにしています。ありがとうございました」

と、僕と同じお礼の言葉をくちにした。緩い橙色のライトに溶ける、子どもっぽい笑顔。

軽く睨んで身を翻し、僕は部屋を出てエレベーターへ向かった。ボタンを押してエレベーターが来て乗り込むと、右手の指にはめていた指輪をはずしてポケットにねじ込んだ。

……お人好しで小心者なクセに僕より年上で、胃腸が弱くて巾着袋が大事なおばあちゃん子で、無駄に真面目で、無駄に綺麗で、胸から深く強い包容力を届けてくる成瀬さん。

彼は浮かれているのだ。ゲイとか、白シャツ靴下とか。秘密を共有出来る人間に初めて会って、恋と錯覚しているだけ。

一階に着いて外へ出ると、ワッと流れてきた寒風に肌を刺され、僕は身を縮めた。鞄からマフラーを出して首にかける。

ホテルの前の木々では電飾が瞬き、夜空は雲も見える澄んだ群青色。突っ立って星に見とれていたら、さっきまでシャツ一枚でいたせいか、身体が急速に冷えて咳《せき》が出た。……風邪をひかず、ぬくぬくぼうっとしてないといけないんだっけ。確かそんなことを要求された。

痛みに耐えるのも疑似恋愛の相手をするのも、疲れることに変わりはないなと思ったら、僕のくちから重たい溜息がこぼれて白から透明に変化し、空へ音もなく消えていった。

2　夕空の背中

年が明けて数日の休みののち、またバイトが始まった。

イベント事は僕には無関係で、月曜日の次は火曜日が続き、水曜日が過ぎれば木曜日に溜息をつき、金曜日の夜まで仕事をする。土日が終われば、また月曜日がやってくる日常の繰り返しだ。

けれどクリスマスに飾られていたあの色とりどりの電飾や、お正月のテレビ特番が少しずつなくなってゆくと、どことなくもの哀しさは感じられた。

野宮さんは仕事始め早々、カウンターのテーブルの上にダラリとのびて頬杖をつき、憂鬱《ゆううつ》そうな溜息ばかりこぼしている。

「あーあ……一月三日に古本買いに来る客なんかいないよなあ〜……」

静かな店内に、商店街から流れてくる『一月一日《いちがついちじつ》』のメロディが揺れていた。

僕は本棚の前に立って、いつも通り本を物色する。柔らかい日差しが右側の出入口から差し込み、暖かい店内をさらに暑く満たしていた。日の光の中で漂う小さな埃《ほこり》は時々白く輝く。呼吸すると、古本の日に焼けた香りが僕の中に沁み込んだ。

すると自動ドアが開いて、振り向いた瞬間「わー！」と子どもがふたり、僕の横をすり抜けていった。まだ僕の腰ほどまでしか身長のない、幼い男の子達だった。レジまで一直線に走っていき、追いかけてきた水色のフリースの子が黄色いフリースの子を掴まえ、じゃれ始める。

「逃げたらダメって言ったろ！」

「ヤーッ!」

「ユウマ!」

「お兄ちゃん、引っ張ンないでよーっ」

どうやら兄弟のようだ。ふたり共、色違いでお揃いの上着を着ているし、喧嘩しているようでいてどちらも笑顔なのは微笑ましくもあった。

『一月一日』の音楽は掻き消え、ふたりの騒ぐ声が店内にキンキン響く。本棚や天井にぶつかって跳ね返り、僕の鼓膜を突き刺すように刺激してくる。

野宮さんは目をつり上げてカウンターから出ると、

「コラ!　店の中で騒ぐなガキ共!」

といきなり怒鳴りつけた。ところがふたりは驚いたあと、大笑いして野宮さんを罵《ののし》り始めた。

「ガキって言う方がガキなんだよ〜!」

「ダブルキーック!」

「イタッ!　クソ、おまえらこの!　お母さんに言いつけるぞ!」

はしゃぐ子ども達に真剣に反論する、もうひとりの大きな子ども。

僕は無視して本を探し続けていたが、古本屋の静けさが好きなので我慢にも限界があり、少々辛くなってきた。お母さんは外で立ち話でもしているのかな、と再び出入口の方を振り向いたら、ちょうど成瀬さんがドアの前に立っていて、目が合った。

彼が小さく息を呑んだら、ガーと自動ドアが開いた。僕も本のページをめくる手を止めて見返した。ほうけた顔で突っ立っている彼の正面で、ドアはすぐに閉まり始める。

慌てて店の中へ入り、背後を向いてコートが挟まれなかったか確認したのち、彼はほっと胸を撫で下ろして情けなく笑い、照れた。

足元に冷たい風が流れてきて、やんわり触れた。

成瀬さんの首にはくち元を隠すマフラー。頭にはふわふわ揺れる寝グセ。頬と鼻先は寒さのせいか赤く染まっている。

年が明けても彼は彼のまま。僕が知るおっとりした空気をまとい、そこにいた。

「殴るなって言ってるだろ！　……ヲイ、だからって蹴るな！」

カウンターの方では、まだ野宮さんと子ども達が騒いでいる。僕と成瀬さんは反射的にそちらを見遣り、やんちゃな兄弟が野宮さんの足元で大笑いする姿を眺めた。

ふたりはいつの間にか想像の中で戦隊モノのヒーローに変身したらしく、妙な名前の必殺技を叫びながら容赦なく攻撃していた。

「子どもは寒くても元気ですね」

成瀬さんが僕に近づいて、横で呟いた。

「僕も小さい頃は、ヒーローに憧れたな。……藍クンは？」

「僕は特撮モノの番組自体、観ていませんでした」

僕の返答になにを思ったのか、成瀬さんは小さく吹き出した。……彼が僕から目をそらした隙に、僕は右手をカーディガンのポケットに忍ばせて、そこに入れていた指輪を薬指にこっそりはめた。

成瀬さんと最後に会ったのはクリスマスイブの夕方だった。夜の店ではなくこの古本屋に本を買いに来た彼と会った。僕ひとりで店番していたのに彼は雑談ひとつせず本を選んで買い、丁寧に頭を下げて帰っていった。

困ったのは指輪だった。家のベッドサイドに置きっぱなしの指輪が僕の指に瞬間移動してくれるはずもなく、成瀬さんにバレたら〝肌身離さず身につけると、約束したじゃないか〟と怒られてしまう。焦った末、カーディガンの袖を引っ張って手を隠し、接客した。あれからずっと、指輪を持ち歩くようにしている。

僕がポケットから右手を出して本を棚にしまうと、成瀬さんは、

「明けまして、おめでとうございます」

と微笑した。

「おめでとうございます」

僕もこたえた。

ここで彼が親しげに話しかけてきたのは初めてだ。〝鳥籠《ほご》〟の外で他人を装うのは暗黙のルールなのかと思っていたが、おめでたい新年だけは反故になるのだろうか。

成瀬さんの笑みは相変わらず無駄に優しく、温かくて幸福そうだった。

そのうち、子ども達の攻撃にとうとう耐えきれなくなった野宮さんが、大声で「こらー!」と怒鳴った。ふたりは一目散に僕のところへ逃げてきて、腰にくっついた。

僕のエプロンを引っ張ってしがみつく兄弟は、笑いながら怯えたフリをしている。巻き込まれたくないな、と溜息をついて見下ろしていたら、成瀬さんがふたりの頭に手を置き、

「正義のヒーローは、人を怒らせたりしないんだよ」

と諭した。「え?」と驚いた兄弟が彼の笑顔を見上げる。

「本を買いに来たんじゃないのなら、これあげるからお兄さんに謝って急いで帰りなさい」

成瀬さんはポケットからブルーベリーののど飴を出してふたりに差し出した。「うわあ」と喜んだふたりは、飴を受け取るとくるりと野宮さんを振り返って、

「ごめんなさい、さよーなら〜!」

とキャタキャタ笑いながら謝り、嵐のように走って店から出ていった。

野宮さんはもしゃもしゃの天然パーマを揺らして「クソガキー」と歯ぎしりする。

僕と成瀬さんは並んでドアの外に視線を向け、子ども達が消えてゆくまで眺めていた。

「喉、痛いんですか」

「少し風邪気味なだけです。大丈夫です」

……店内に『一月一日』の音楽が戻ってきた。

野宮さんは呼吸が整うと、成瀬さんに声をかけた。

「えーと……いらっしゃいませ。お客さま、すみませんでした」

彼は僕の横に立ったまま動かない成瀬さんを、訝《いぶか》しんでいる様子だった。成瀬さんも感じ取ったのか、苦笑いして「いえいえ」と手を振り、手提げ鞄から本を出して僕によこした。

「今日は本を売りに来たんです。見ていただけますでしょうか」

僕は頷いて手に取る。『夕空の背中』という題名の文庫本だった。

「担当が価格を判断しますので、こちらへどうぞ」

「あ、はい」

査定するのは佐藤店長と、先輩の野宮さんだけだ。ふたりがいない時は事情を説明して、再び来店してくれる客の本だけ買い取ることになっている。

今日は野宮さんがいるから、僕はカウンターの前に立っている彼のところへ移動して、本を渡した。成瀬さんもついて来て、野宮さんが本の中身を確認する姿を見守った。

しかし野宮さんが本をぱらぱらめくってしおりを引き抜いた瞬間、成瀬さんは、あ、と唇を開いて軽く身を乗り出し、あからさまに動揺した。

「うん。これは状態もいいし——……百円でどうでしょうか？」

なにも気づかない野宮さんはにこやかに笑い、成瀬さんは「はい……」と、異様なほど気落ちした顔をする。

僕は疑問に感じて、査定額への不満ではなく、べつの原因があるのかも、と直感した。

レジから百円を出した野宮さんが成瀬さんに差し出すと、「ありがとうございます」と受け取った成瀬さんは、僕を一瞥して残念そうに微笑みかけてから、身を翻して出入口の自動ドアへとぼとぼ向かい、去っていった。

……ハテ。本になにか細工でもしてあったのだろうか。

「野宮さん。その本、貸してください」

「ん？　いいけど」

野宮さんから文庫本をもらい、中を流し読みした。とくに引っかかる部分は見あたらない。

となると、問題はやはりしおりか。

「このしおり、どのへんに挟んでありましたか」

「え？　さあ～……真ん中あたりだったかな？」

そう言われても、成瀬さんの様子に異変を感じたのは僕の勝手な憶測なので、確信に繋がる文章など見つけられるはずもなかった。

まあいいか。ひとまず、僕はこの『夕空の背中』を今日読む本に決めた。

「芹田は、あの人と知り合いなのか？」

「常連さんですよ」

「あれ、そうなのか？　俺、今日初めて会った気がするけど……前にも会ってたのかなあ？

記憶にねえなあ」

　僕はカウンターに入って、野宮さんの右横の椅子に腰掛けた。どちらかというと成瀬さんは僕の夜のバイトの客だが〝常連〟の言葉に嘘はない。野宮さんの勘違いは無視をした。

　本を開いて文字を追い、物語に意識が埋もれ始めると、彼はまた訊いてくる。

「それ読むのか？　……ひょっとしてあの人が売った本だから？」

「タイトルが気に入ったんです」

「ふぅ〜ん……。ところでおまえその右手。指輪なんかしてたっけ」

　目ざといな。内心煙たく思いつつ、僕はカーディガンのポケットに指先を入れてそれとなく指輪をしまった。本に顔を隠して〝話しかけないでください〟と無言のオーラを発する。だが当然、野宮さんにそんな繊細な拒絶が届くはずもない。

「……なあ。おまえ、夜にやましいバイトしてるんだろ？」

「してますよ」

「おい、あっさりバラしたなっ。どうして知ってるんだ、とか訊かないのかよっ」

「焦ったところで無意味でしょう。野宮さんが知っている、それだけが事実です」

「まあ、そうだけど」

　……焦りはしないが不快には思った。

　そもそも夜のバイトは客の方がうしろめたく思う系統のものだから、働いている立場としては知られても一向に構わない。困るのは、今後面白おかしくからかわれる可能性があることだ。野宮さんのことだ。シモネタが大好きな子どもよろしく〝昨日はどんな服でヤッたの？〟なんて、つついてくる気がする。

野宮さんが「ちぇ」と舌打ちしながら右腕を上げて後頭部を掻いた。絵の具の匂いがふわりと流れてきて、僕の鼻先を撫でた。

「あ～あ。あわあわすると思ったのにな～……」

「あわあわさせたいんですか」

「させたくもなるわ、いつもすました顔してるし。今度、俺もおまえを指名しちゃうぞ～」

「野宮さんのセックスがどの程度のものか、僕に知られて恥ずかしくないのなら、どうぞ」

「なぬっ」

「どんなコスプレ趣味があるのかも、少し興味ありますよ。ただし、髪は切ってきてくださいね。くすぐったくて笑い堪えるの大変そうですから」

「チクショー！　年明け早々、可愛くねえな！」

「可愛いなんて言われたら、僕が笑います」

そんな奇特な人、成瀬さんだけでいい。

野宮さんが唇を突き出したのを見て、これぐらい冷淡に突っぱねておけば、からかわれずにすむかな、とこっそり考えた時だった。彼はテーブルに両肘をついて指を握り合わせ、正面を向いたまま不服そうにぼそぼそこぼした。

「……おまえ、嫌じゃないの」

「なにがですか」

「だから……身体つかって色々してるわけでしょ？　楽しい仕事じゃないだろうしさ」

思いがけない言葉をかけられて、僕は面食らってしまった。からかうどころか同情してくれたのだろうか。その横顔にも戸惑いや苛立《いらだ》ちに交じって、哀れみのようなものが滲んでいた。伏せた瞳と尖った唇が、ガサツで乱暴な彼らしい、不器用な優しさを感じさせる。

「楽しい仕事なんて、そうそうないでしょう。身体をつかうという点では引っ越し屋と同じようなものですし、力仕事じゃないだけまだマシかもしれません。ラクなものです」

「そんな考え方かよっ」

「はい。身体中傷つけられることもありますが、怪我するのは自分の不注意で、どんな仕事をしてもありえることです。仕方ない」

「違うだろ？　おまえは女の子じゃないから、結婚するまで貞操を守れとか怒るつもりはないけどさ、つまりその……ソウイウことだろーがっ」

ぶっきらぼうに吐き捨てた野宮さんが、己の語彙《ごい》のなさに苛立っていた。でも言いたいことはなんとなくわかる。僕の身体を心配してくれていることも。

彼が口内で歯ぎしりする様子に、ちょっと笑ってしまった。

「……一般的には、そうかもしれませんね」

「一般的ってなんだよ。おまえはなんで落ち着いてるわけ？　まったく腹が立つよ」

「はあ……。僕が〝野宮さんの思いやりに胸が痛みました〟って泣いて感動すれば、納得するんですか」

「納得するかときやがった。べつに泣けとは言わないけど、余裕綽々《しゃくしゃく》でいられると不満だよ。男に抱かれる仕事なんか、辛くないわけないんだから」

辛くないわけがない、か。仏頂面で振り向いた野宮さんを、僕はじっと見返した。

「僕は恋したことがないし憧れてもいないから、野宮さんの言う嫌悪感はわからないんです。好きな人がいれば、他人に抱かれることに罪悪感や不快感が芽生えたかもしれませんけど、生憎《あいにく》素敵な出会いもありませんから」

「恋愛抜きにしたって……嫌だろうが」

「いいえ。単なる肉体労働です。お給料も悪くないから、文句ありません。たまに気持ちいいこともありますし」

うぐ、と言葉を詰まらせて、野宮さんは赤くなった。左手で目を隠して顔を伏せる。

「そ、そうか……おまえ、要するにその……男が好きなんだな」

また勝手に勘違いしたようだ。けど適当に笑っておいた。

……店の外で、蕭々《しょうしょう》とした冷たい風の音が響いていた。

早足で家へ帰った。お気に入りの川沿いの道も振り返ることなく、真っ直ぐ走って通り過ぎた。家へ着くと、鞄から本を出して居間のこたつの中に足をうずめ、ひたすら読んだ。

『キミの機嫌を知りたくて、空ばかり眺めていた。

大事なことを言う時は、いつも小声になる。

キミに好かれているか嫌われているか。

空には訊けるのに、どうしてキミに訊けないのだろう』

『雨の下でも、考えているのはキミの寝息の回数についてだった。

座ろうとしたベンチには雨の余韻が残り、僕を拒んでいた。

すべてに見放されたことに気がついた』

『弱音という無駄は燃えるゴミと決めている。

問題なのは、捨てたつもりでもそれが心の奥底に蓄積されていた事実だったのだ。

そして僕はこの夜の出来事を誰にも言わずに、やがて死んでゆくだろう』

『千の想いが伝わる、一言をください』

小説だと思っていた本は、想いの届かない相手へ切々と言葉をつづっている詩集だった。

全部読み終わると本を閉じてテーブルの上に置いた。

コタツの中で膝を抱えて布団を引き寄せ、本の表紙を睨みながら寒いなと思った瞬間、コタツを暖めていなかったことに気づいた。スイッチを入れて、次第に暖かくなってきたコタツの中で目の前の本を見つめ続ける。

時刻は夜十一時だ。お腹がすいたけど寒くてまだ動く気になれない。

頭の中では本を読みながら描いたいくつもの情景が、ゆっくり切りかわりつつ動いている。僕の目は本の表紙を眺めているのに、意識のほとんどがその想像世界に奪われている。外部から余計な情報を得てこの感覚を手放すのも嫌になり、瞼を半分閉じて目を細めた。すると成瀬さんの姿がぼんやりと心の中に浮かんできた。

……あの人はこの本を読んでなにを思ったんだろう。

感想を訊けばやはり〝感情移入して読んだよ〟と、嬉しそうに微笑みながら話すのかな。そうだろう。……うん。そうに違いない。

確信するとしおりが挟んであったページの詩が、また気になった。

奥の寝室になにげなく視線を向けると、ベランダへ続くガラス戸の外は暗く凍えていた。立ち上がるのはやめて横になり、コタツ布団とコートに埋もれて、身体が温まるのを待った。

ふと、コートのポケットに指輪があるのを思い出し、取り出して指先で角度を変えたら、石が光を反射して瞬いた。……夜の微風が雑音を吸い取って、静謐《せいひつ》が広がる。

なぜか成瀬さんに関係した物が増えている気がする。

本も、結局買ってきてしまったな……。

――腕の傷が治らなかった。

微かに残っていた正月の明るい余韻の影も消え、すっかり日常生活が戻ってきた二月半ば、成瀬さんの予約が入った。午後から雪が降った、寒い水曜の夜だった。

「藍クン。こっちへ来てください」

着替え終えて成瀬さんのところへ行くと、窓の前に立っていた彼は嬉しそうに手招きした。ハテナと首を傾げて横へ立ったら、

「雪、綺麗だから一緒に見ましょう」

と、にわかに頬を赤らめる。

「今日は藍クンと雪を見たくて来たんですよ」

「雪、ですか」

「ええ。あ、これ、寒いから着てください」

右手に抱えていた自分のコートを、成瀬さんは僕の肩にかけてくれた。紺色のシングルトレンチコートで、僕が袖を通すと指先が出ないほど大きかった。ぶらりとした袖を見て、彼は笑いながら折り、整えてくれる。

「可愛いです、藍クン」

「……はあ」

「寒くないですか？　一応、暖房も強くしておいたのですが」

「それより、シャツに着替えた意味がなくなるのではと心配です」

「この話、前もしましたね。いいんですよ、身体を一番大事にしてください」

向かい合って、成瀬さんは僕の髪を梳いた。彼の微笑を、僕はじっと見上げた。

「なんなら、シャツを脱いで成瀬さんのコートだけ着るというのは、どうですか」

「――……。い、いや、それじゃ寒いと思いますし、変質者っぽくなってしまいますから」

「返答に間がありました」

「う」

「そもそもこういうのは希望する本人が変質者なのであって、従うだけの僕にはなんの問題もありませんから、安心して命令してください」

「僕に問題アリってことじゃないですか……」

「喜んだら大アリです」

「……喜びますよ。藍クンの素肌が僕のコートに触れるなんて」

早速、理解の度を超える発言がきた。

僕が黙っていたら、成瀬さんは苦笑いして左手を振り、

「その格好でいてください。藍クンの裸なんて見たら、鼻血が出ます。僕、変質者ですから」

と肩を竦めた。

おかしくなって思わず吹いてしまった。つられた成瀬さんも、笑いだして肩を揺らした。そして僕の背中をゆっくり引き寄せて、抱き締めた。

「……笑ってくれて、嬉しいです」

「得意げに〝変質者だ〟なんて言われたら、笑います」

「藍クンの笑顔を見られたことも嬉しいし、僕の奇妙さを笑って受け止めてくれることも、嬉しいんです。……ありがとう、藍クン」

僕の腰を掴み、彼はさらに強く抱き竦めてきた。途端に全身に走った激痛を、僕は息を殺して耐えた。……先程べつの客につけられたばかりの傷に、服の生地が食い込む。腕と背に走る刺激が痛みなのか、成瀬さんの身体の熱なのか判断出来ない。

奥歯を噛み締めて声を殺していると、成瀬さんは腕の力を緩めて僕の頭にくちづけた。

「藍クン。今日はずっと手を繋いでいてくれませんか。アラームが鳴るまで、雪を見ていましょう」

一瞬、身体の傷に気づかれたのかと思い、呼吸を止めてしまった。だが彼はあどけない表情で首を傾げ、左手を差しのべている。

「……抱き合うことも、しないんですか」

「はい。初雪が降ったら藍クンと手を繋いで過ごしたいなと、夢見ていたんです。この一時間だけでいいので、我が儘を聞いてください」

……我が儘。成瀬さんの指を見つめて今聞いた言葉を心の中で復唱してから、僕は彼の手の上に自分の手をのせた。やんわりと閉じた大きな掌が、僕の指先を包み込んだ。

痛みもなく、苦しみも恐怖感もない。ただ柔らかく、温かいだけの掌だ。手を繋ぐことのなにが、我が儘だというのだろう。

「ほら藍クン。信号機やゴミ袋の上にまでうっすら雪が積もっていますよ。……綺麗ですね」

優しく促されて視線を向けると、確かに外に置かれている物という物すべてに白い雪が積もっていた。昼間はすぐやむと思っていたのに、灰色の埃のような雪はまだ降り続けている。

「成瀬さんはゴミ袋の上の雪まで、綺麗に見えるんですか」

「綺麗じゃないですか？　帽子を被っているみたいで可愛いです」

「可愛い？　ゴミに触れたら雪だって汚れますよ」

「いえいえ。だいたいゴミは僕達が一度触れた物なんです。大事にしていたぬいぐるみとか、捨てた途端に汚い物呼ばわりしたら可哀想でしょう。お世話になった証拠の汚れなんですよ」

吃驚《びっくり》した。紙はもともと森の木々であり、生ゴミのほとんどは動物や植物だ。改めて考えれば思い出せるが、この人は違う。普段から感謝の気持ちを保ち続けて〝お世話になった〟とさらりと言葉にしてしまえる人なのだ。……知っていたつもりなのに、また驚かされてしまった。

「……成瀬さんは、神様みたいな人ですね」

「え。僕、また変なこと言ってしまいましたか……？」

成瀬さんの苦笑いが室内に溶けるのを、目を細めて見つめながら、僕は彼の手を握り締めて言葉を閉じた。

風に舞う粉雪が、揺らめいて落下してゆく。

行き交う人達が持つ、色鮮やかな傘の上に積もる雪。

仄《ほの》かな灯りのように、暗闇の中でぼんやり浮かぶ白。

あの『夕空の背中』の感想を訊いてみたかった。けど評価を明確な言葉にするのは酷く味気ない心地がしてやめておいた。

コートから成瀬さんの香りと温もりを感じた。僕が彼の服を着ることで彼が喜ぶ理由は、こういうところにあるのかなと、ふと考えた。

「……もう、あと十五分しかないですね。藍クンといると、一時間が短いです」

「延長、しますか」

「延長？　出来るんですか？」

「ええ。朝まででもいいですよ。成瀬さんのお金と時間に余裕があるならば」

窓辺に立って、手を繋いだまま白の世界を眺め続けた。

成瀬さんはくちを閉じた。沈黙は静寂になり、安堵になり、そのうち虚《むな》しさに変わった。

蠟燭《ろうそく》の火が消えるように、ふっと成瀬さんの心が見えなくなった。

周囲の音も感情も、なにもかも白い雪が吸い取ってゆく。彼の掌だけが、熱を持つ世界。

数分後、

「……今日は、やめておきます」

彼が小さく呟いた。

「でもひとつだけ、藍クンにお願いをしてもいいですか」

「お願い？」

「藍クンがバイトを辞める時、教えてください。……その日一度だけ、朝まで一緒にいてください。ほんの一時間、藍クンを独占出来るだけでこれ以上ないぐらい幸せですけど、最後は、また我が儘を聞いてほしいです」

見上げると互いの視線が触れ、絡み合った。

彼の感覚と僕の感覚は、どこまでも違うのだと感じる。我が儘じゃないことを、なぜ彼は我が儘だと繰り返すのだろう。僕は金次第で言いなりになる玩具だと教えなかったか？　幸せだなどと、さらりと言わないでほしい。

「成瀬さん」

僕は客に腕を縛られて頬を叩かれ、身体の中に二度三度と液を吐き出されても、別れ際〝ありがとうございました〟と頭を下げて、礼を言い続けているような人間なんですよ。

そう言おうとして、やめた。

「……わかりました。最後は、朝まで過ごしましょう」

成瀬さんはほわりと笑顔になって嬉しそうに頷いた。彼の指に潰されて、僕の右手にある指輪が傾いたのがわかった。虚しさが増した。

それから僕達は、残りの数分間を再び黙ったまま過ごした。

雪道の上で滑って転びそうになる人を見つけては、息を呑んで顔を見合わせ、苦笑した。

車の上に積もった雪。

赤い傘。青い傘。

ふいに電線の上から落ちる、細かな雪。

真正面に目を凝らすと、灰色の空に黒い影になって流れる、無数の雪があった。

手が離れそうになると、成瀬さんはそれとなく繋ぎなおして整えた。

アラーム音が鳴るタイミングを予感して、空気に緊張が走り始めた頃、

「……藍クンに抱いている千の感謝を、たった一言で伝えられたらいいのに」

成瀬さんがぽつりと、溶けゆく一粒の雪のように囁いた。

僕は『夕空の背中』の詩を思い出して、粉雪を睨み続けた。

今年一番の寒さです、と朝の天気予報で聞いた火曜日の午後だった。

「藍は、夜もバイトをしてるんだね」

妙に確信めいたくちぶりで言われた瞬間、僕は思わず言葉を失い、数秒間沈黙した。

古本屋のカウンターに立つ僕の横に座っているのは佐藤店長だ。沈黙を通しても十分返事になると思ったが、迷った挙げ句、

「……はあ」

とだけ返した。野宮さんにこたえたのとは違う、曖昧《あいまい》な返事になった。そして僕は自分が動揺しているのを自覚した。

穏やかな昼下がり。冬の澄んだ空気の中に、太陽の香りが交じる酷く平穏な日に、僕の心臓だけが乱れた音を鳴らし始めた。

「どれぐらい続けているの？」

「忘れました」

「週に何度ぐらい働いてる？」

「その週によります」

「常連の指名客は、多いのかな」

「……僕は他の仲間としゃべらないので、なんとも」

明言をさけて即答しながらも、見る間に酷い吐き気が僕を襲ってきた。同時に、胸の中で氷が溶けずにゴロゴロ転がっているような違和感。冷たさ。虚無感。哀しみ。

佐藤店長はしみじみ顎を撫でて、にんまり唇の端を引き上げ、続けた。

「知った時は驚いたよー……藍は淡泊な子だと思っていたから」

「淡泊です」

「淡泊なのに大胆？」

「知りません」

「大胆だよ、ソウイウ仕事をしているってだけで」

こんないやらしい顔をする佐藤店長、僕は知らない。

「……なぜ、楽しそうなんですか」

「え？　イヤイヤ。藍もエッチなことが好きな男の子なんだなあとわかったからさ」

こんな現実は、あっさり受け入れられない。

僕が知っている佐藤店長は〝セックス〟なんて単語を聞いたら〝昼間からなんて会話をしているんだい〟と叱責するような、謹直な人のはずだった。昔ながらの頭のかたい、真面目で穏和な。本を真っ直ぐに愛する人だった。

目の前でにやけるこの人は本当に佐藤店長か……？　店内に響く乾いた笑い声が、佐藤店長のものだと信じられなかった。

「……佐藤店長も、ああいう店を利用しているんですか」

話題を変えるためにくちを開いたのに、頭が上手く動作せず、続きを振って墓穴を掘ってしまった。佐藤店長は肩を竦めて悪びれたふうもなく、愉快そうな口調でこたえる。

「そりゃ、私も男だからたまにはねえ」

「男性、相手の？」

するとと自嘲気味に含み笑いし、

「私は結婚しないいんじゃない。出来ないいんだよ」

と舌舐めずりされた。風俗通いする男なんてたくさんいるのに、相手が佐藤店長だと思うと身体の奥底で心が崩れ落ちていき、失望した。事態を理解しきれず、激しく混乱する。

……罵って叩いて、二度と姿を見せるなと怒鳴られた方がまだ平静でいられたのに。

佐藤店長は僕のバイト先のことを野宮さんから聞いたのだろうか。それとも……、

「野宮クンは知らなかったみたいで驚いていたけど、私は大丈夫だから安心してね。それにしてもどうしたら〝店長〟って呼び方をやめてもらえるのかなあ……？」

佐藤店長が僕の腰に手をまわして抱き寄せ、耳元でいやらしく囁いた。

絶望の音は鼓膜を引き裂くほど大きくて乾ききった、哀しい漆黒だった。

その後、佐藤店長は僕の肌に触るようになった。本の整理をしている途中ふいに指先がぶつかると、手を止めて僕を見返し、にんまり唇を歪める。

背筋に悪寒が走った。僕が後退《あとずさ》りすると、佐藤店長は徐々に視線を下げて僕の身体を舐める

ように眺め、唐突に右手を摑んで捕まえた。

「ごめんね、痛くなかったかい？　……あれ。中指にささくれがあるね。冬だから手もカサカサじゃないか」

「大、丈夫……平気です」

「イヤ、よくないよ。こんな手で陳列作業をしていたら、すぐに切ってしまう。紙でケガすると痛痒《がゆ》くて厄介だからね。おいで、クリームをぬってあげるから」

断る隙もくれず、強引に引っ張って本棚の間を進み、カウンターの中へ連れていかれる。救急箱にしまってあるハンドクリームを取ると蓋を開けて自分の手の上にクリームをのせ、おもむろに僕の手にぬり始めた。

僕は絶句した。

佐藤店長の生温かい手の感触とクリームのぬめりけが、堪らなく気持ち悪かった。

「自分で、出来ますから」

「大丈夫、大丈夫。遠慮しなくていいよ」

佐藤店長は僕の左手の甲を撫でたあと、指一本ずつ摑んで上下にクリームをのばしていった。

丹念に丁寧に、執拗に撫でまわしていく。

佐藤店長と自分の体温が重なってぬめって混ざって練り込まれていくさまを眺めていると、不快感が溢れ出して胃の奥が畝り始めた。夜のバイトではもっと酷いことをされているのに、絡められた指が根元から指先までぬるりと滑るだけで、なぜか猛烈な嫌悪感と吐き気が襲う。

「……佐藤店長、もう、いいです」

「〝店長〟はよしなさい」

左手を引き戻そうとしても佐藤店長は許さず、クリームを足すと次は僕の右手を掴んだ。

「ささくれのところは傷つけないように注意しないとね」

僕が逃げ腰になって身をよけた途端、佐藤店長の目の色が変化した。彼の中で僕の身体に対する意識が玩具に変わってゆくのが見えた。世界から色が死ぬよりはやく、佐藤店長は僕をカウンターの上に押さえ込み、背後から股間を押しつけてきた。

悲鳴は喉に引っかかって止まり、意識が一瞬、停止した。

「藍の身体を心配しているだけじゃないか、怖がらなくていいよ」

手を束縛されたまま、身動きがとれなくなる。佐藤店長の身体の変化がジーパン越しに伝わってきて、愕然とする。

……夜のバイトで初めて客に下半身を撫でられた日も、僕は〝こうなるだろう〟と予想して構えていたから怖れなかった。すべてに納得し、どこかで呆れ、なにかに冷めていた。

けれど佐藤店長は違う。客じゃないし人格が豹変しすぎて僕は混乱と絶望のみに支配され、呆れるどころか冷めて軽蔑することなど、不可能だった。

「昨日も男と寝たの……？」

耳元に息を吹きかけられて僕はゾクリと身震いした。恐怖におののき、指先が冷えた。

「どんな服を着たの？　藍はなにを着ても似合うんだろうね」

「……やめて、ください」

「この嫌がる顔に、皆そそられるのかな？」

佐藤店長は笑っていた。僕をからかうのが楽しいようだった。憤慨するのを通り越して、戸惑いと哀しみが僕の心に溢れた。

なぜこんなことになったんだろう……？

二年。二年間だ。その間、佐藤店長には随分よくしてもらった。

面白い本をたくさん教えてくれたし、物語の内容について語る柔らかい口調が好きだった。傲慢《ごうまん》さなどおくびにも出さず、十歳以上年下の僕にまで〝名前で呼んでよ〟と照れる謙虚さが、彼の温厚な人柄を表すすべてだと信じきっていた。

記憶の奥に隠蔽していた養父母と実の親の顔が、態度が、鮮明に蘇る。

……結局人間なんて皆、自分の欲しか考えていないのか。

信じたって、裏切りを味わわされて捨てられるのか。

「初めて会った時から、私は藍のことを可愛い子だと思っていたんだよ……」

感情に鍵をかけるタイミングを、僕はすでに失っていた。

成瀬さんから〝今夜はガーゼのパジャマで〟と予約が入ったのは、精神的にすっかり疲れきった三月半ばの金曜の夜だった。

初めて服の指定が変わったので、僕は着替えてから彼の前に立ち、

「どうですか。パジャマはこの青チェックの柄物しかないんです。無地の方が好みでしたか」

と確認をした。だが成瀬さんは最初会った日のように、ベッドへ腰掛けたままぼうっと僕の姿を見上げ、黙ってしまった。くちを薄く開いてうっとり目を細める。

言葉で伝えるより如実に感想を訴えてくる瞳が無垢《むく》な子どものようで、僕は気抜けしてしまった。安堵は体内に溜まった疲労を一瞬で打ち砕き、空気の中に溶かした。

気づくと、僕は成瀬さんの膝の上に跨り、両腕を彼の首にまわして脱力していた。

「あの、藍クン。……ここでふたりでいる間、僕はキミを……好きに、していいんですよね」

しかしそれを聞いて僕は上半身を離し、今のは彼の声だったのか、確認するように顔を覗き込んでしまった。頬をやや赤く染めて視線を泳がせ、唇を一文字にきつく結んでいる。

「……ええ、そうですよ。好きにしていいんですよ」

「欲をぶつけても怒られないし、たとえキミが不快に思っても、責められることはない?」

「今更です」

パジャマの方が興奮するのか。そんなしようもないことを、ぽつんと考えた。

向かい合って沈黙していると、成瀬さんは俯いて僕の首元を長い間睨むように見つめてから、ゆっくり右手を持ち上げて指先で喉に触れてきた。ほんの僅かしか触れていない上に彼の指が震えているものだから、鎖骨まで下りてゆく間、くすぐったくて右肩が一度跳ねた。

ボタンをつまんで、ひとつはずされる。もうひとつ。

成瀬さんは呼吸も忘れて酷く緊張した面持ちで頬を強張らせ、硬直した上半身を傾けると、僕の左の首筋に唇を近づけた。

……ところが、そこからまた長い沈黙が待っていた。

僕の腰を押さえていた成瀬さんの左手に熱が増し、じわりと汗まで滲んできたので、さすがに心配になって「大丈夫ですか」と呟いたら、彼はほぼ同時に僕の首筋に突っ伏して大きくて長い溜息をはああとこぼした。なにを言うかと思えば、

「……すみません。出来ません。……申し訳ございません」

などと謝罪する。

「藍クンはとても魅力的で、色っぽくて、可愛くて、素敵です。……どうしようもないほど、綺麗で、肌も白くて、美しいです。悪いのは僕です。僕が、悪いんです」

僕はベッドサイドのライトの光を瞬きもせず真っ直ぐ見つめ、目の表面が乾いて痛みを感じてから瞼を半分閉じた。唇の横で揺れる、成瀬さんの髪の香りが甘い。

「なにが、どう悪いんですか」

「……客という立場を、利用しようとしたから」

「利用すべきなんですよ。貴方は損しているんです。もうずっと、知り合ってから半年以上」

「いえ、損じゃありません」

「じゃあ僕を抱こうとしたのは、どんな気紛れだったんですか」

成瀬さんはしばし間を置いて、再び重い唇を開いた。

「……考えていたんです。藍クンと別れる前に一度だけ、多少の無茶をしてでも一生にひとつの思い出をつくって、死んでゆくのも悪くはないかなと」

「自殺でも考えているんですか」

「ち、違います。要するに、その……僕はもう、藍クンのような子には会えないだろうから」

「僕が仕事を辞めても、成瀬さんはべつの子を指名するんでしょう」

「しませんよ」

「人生まだまだ長いです。一度味を知ったことは、必ず繰り返すに決まってます」

「いえ。……実は以前、藍クン以外の子と一時間過ごしてみたんですけど、慣れているというかペースが合わないというか。……セックスしないと言ったらえらく怒って、苦痛でした」

「ほら。その調子で数打てば、どうせまたペースの合う子に当たって幸せです。解決です」

僕は成瀬さんの頰をぎうとつねった。成瀬さんは「いた」と目を瞑ってから、続けた。

「……残念ながら、僕はそこまで神経図太くないんです。そのひとりに出会うため〝セックスしないとはどういうことだ〟と一時間説教され続けるのは、仕事の接待より辛いです」

成瀬さんが肩を落として途方に暮れた。年端もいかない男に怒鳴られ、床に正座して謝っている彼の姿を想像した。思わず、僕は吹き出してしまった。

成瀬さんは目を丸くしたが、僕の笑い顔を見てほっとしたのか、情けなく苦笑いしたのち僕の身体を両腕で抱き締めた。ごろごろ頭を揺らして、甘えてくる。

「……藍クンが最後でいい。ばかなことを考えてごめんね。やはりキミの心を無視して触れ合うのは本意じゃなかった。そんなのは幸福でもなんでもないです。いい思い出にもならない」

この人は僕に心があるという前提で接してくる。一度だって玩具として扱ったことはない。

成瀬さんの後頭部の髪に左指を通すと汗ばんでいた。彼は「あ、汚いですよ」と慌てたが、僕は構わず梳き続けた。そしてやがて〝佐藤店長のセクハラに抵抗を抱くのは、成瀬さんと知り合ったせいでもあるんじゃないか〟と、思い至った。

佐藤店長は今日も僕を触った。尻を掴んで抱き寄せ、エプロン越しに股間を撫でてカタチを探ろうとした。突き放す瞬間、いつも酷い嫌悪感と、猛烈な哀しみを味わう。

……今まで性欲は本能であるという事実以外、深く考えたこともなかったのに、成瀬さんの感覚に流されているうち、性格が似てきたのかもしれない。

もともとあった佐藤店長に対する信頼に加え、成瀬さんから教えられた、愛情や思いやりの下に交わされるセックスが、僕の心を乱すのだ。

「藍クン、もう、いいです」

　ふいに成瀬さんは身体を離して僕の左手を取り、匂いをかいだ。すぐに顔をしかめて「待っていてください」と膝から僕を下ろし、バスルームへ移動する。

疑問に思いつつ待っていたら、ジャーと水の弾ける音が響いたあと、白い濡れタオルを持って戻ってきた。僕の正面に膝を突いてしゃがみ、ほわりと微笑んで左手を拭き始める。

「緊張しすぎて久々に汗をかきましたから。僕に触ったら藍クンの手が汚れます」

……唖然とした。汚い。誰が。貴方が……？

「こんな汗、汚いうちに入りませんよ」

「でもちょっと匂うもの」

羞恥心を抱き、いたたまれない様子で苦笑いする成瀬さんが僕の胸の奥底を貫いた。

ほとんど無心に、

「雫のような大粒の汗をまき散らす人もいるし、唾液や精液の方がよっぽど匂います」

そうくち走ってから我に返った。

成瀬さんは目を見開き、明らかに傷ついた顔をした。

今のはどう考えても客に言うべき言葉ではなかった。僕は狼狽《うろた》え、自分の失言を後悔した。

数秒顔を見合わせて時を止めたが、この淀んだ空気を先に消そうと努めたのは、懸命に笑顔を繕って明るさを演じた、成瀬さんだった。

「……うん。でも僕は藍クンを少しでも、汚したくないんです」

親指から小指まで、丁寧にタオルで挟んで拭《ぬぐ》ってゆく。爪の間まで、傷つけないように汚れを取ってくれる成瀬さんの指は佐藤店長の手と違い、とても繊細で臆病だった。

以前僕の左手の上に放たれた白濁した液を見た客が、自分のものにも関わらず「汚ねえ」と怒鳴って払いのけたことがあった。行為が終わった途端僕の身体を汚いと感じ、顔をしかめる客は多い。床に散ったそれを舐めろと命令し、四つん這いになる僕を腹を抱えて笑う客もいた。

こんな真新しいタオルで目にも見えない汗を拭い落としてくれたのは、この人だけだ。

「……成瀬さんは、なんで僕を選んでくれたんですか」

問うてみると、彼は「ンー……？」と含み笑いした。

「お店で店員さんのリストを見せてもらった時、写真の中で藍クンだけがつまらなそうな顔をしていたからですよ」

「意味わからないです」

最初に撮られたプロフィール写真だ。〝生意気そうでいじめたくなった〟とよく言われる。

僕の客が鬼畜ばかりなのも、あの写真のせいなんだろう。

「僕は一目見た瞬間、目が離せなくなったんです。他の子達は全員笑顔を浮かべているのに、藍クンだけぼんやり無表情で、どこか哀しげでした。……眺めていたら、いつの間にか藍クンのことを選んでいました」

　穏和な彼の微笑が、僕の心をゆっくりなぞった。

　……オーナーに誘われて流されるままバイトを引き受けて、その日のうちに空っぽな感情でカメラのレンズの前に立った。あんなしようもない写真から、僕の奥にひそむなにかが、彼の目には見えたというのだろうか。

　無愛想だと責めもせず、ただ抱き締めるためだけに繰り返し指名して。

　クリスマスプレゼントを買ってきて、手を繋いで雪を見るのを夢見て。

「成瀬さん」

　僕はベッドから下りて成瀬さんの前にしゃがみ、彼の頬を両手で包んだ。キョトンとした目の奥を至近距離で探ってから、唇を寄せて一瞬だけくちづけた。

　僕の柔らかな乱暴が、彼の呼吸を吸い取った。

　成瀬さんの唇は指と違って冷たかった。汚れきった僕が成瀬さんに触れたら、彼まで汚してしまう気がして、すぐに手を離した。でも、成瀬さんは咄嗟に僕の指を摑んで引き止めた。

「なぜ」

　酷く戸惑って、眉間に寄せたシワを震わせる彼の頬が、夕日色のライトに溶けている。

「お礼です」

「お礼……？　――……僕がお客だから、ですか？」

　僕の胸に猛烈な痛みが突き刺さって埋まった。手に成瀬さんの掌の体温が浸透して絡まる。

瞬間、その熱を失う激しい恐怖心が迫り上がってきて、僕は衝動的に彼の首にしがみついていた。

「藍クン」

成瀬さんは僕の身体を押し剝がそうとした。僕が両腕に力を込めてあらがい、頭を振って拒んだら、肩を落とした彼は僕の背を何遍も撫で、離れてごらんというふうに宥《なだ》めてきた。

……そのうち彼の掌にこたえてのろのろ両腕を下ろすと、彼は僕の目を見つめて儚げな笑みを浮かべてから、静かに唇を重ねて僕を求めてくれた。

熱が闇を奪う。成瀬さんの冷たい唇は、僕の心を果てのない静寂へ沈めていった。

野宮さんが、

「俺、ここのバイト辞めようかなあ」

と脳天気な声で呟いたのは、午前中佐藤店長に太腿《ふともも》を撫でまわされた木曜日の午後だった。

「辞めるんですか」

「もっと絵の勉強したいしさ」

……野宮さんが辞めたら、僕は佐藤店長とふたりきりか。いつもは厄介にすら思う野宮さんの存在が、急に貴重なものに感じられた。目の前でハタキを振りまわし、本をバンバン叩いている涼しげな横顔を見ると……やっぱり厄介にも思うのだが。

「なんだよ、人のことじっと見ちゃって。おまえもしかして俺がいなくなると寂しいの？」

「寂しくはないです。けど困ります」

「困る？　べつに客も多くないし店長とおまえで十分だろ」

「仕事のことでなく」

「引き止めたいなら素直に〝辞めないでください〟って言えば可愛いのにな～？」

「辞めないでください」

ギョッとして振り向いた野宮さんが、カウンターの椅子に腰掛けている僕を見たままハタキを振る手を止めた。短時間でも野宮さんがいる間、佐藤店長は奥へ引っ込んでセクハラをしてこない。僕にとって唯一安心出来る時間だ。野宮さんの反応をうかがっていたら、

「……せっかくの甘いセリフも、びっくりするぐらい可愛くないな」

と、吹き出した。片手をエプロンのポケットに突っ込んで近づいてくる。

「まあさ、辞めてもしばらくは文房具店で働いてるから、寂しくなったら来いよ」

それじゃ意味ない、と思ったが僕は黙って頷いた。本を閉じて彼を見上げると、上機嫌で僕の頭を撫でてくる。

「実はさ、大学も辞めようと思ってンの。で、田舎帰ってのんびり描いてくつもり。大学もそれなりに楽しいけど、俺には合わないんだよなあ～……」

彼の口調は軽かったが、自分の進路を不真面目に考えるタイプではない。休学ではなく中退を選んだことには決心が感じられたし、僕にくちを挟む権利や余地は見えなかった。

僕はもう一度頷いた。野宮さんは「頑張ってくださいね、とか言えよ」と笑ったが僕は「頑張っている人に言っても無意味でしょう」と返した。それがまた彼を喜ばせたようだった。

「なんなら携帯番号交換するか？」

「僕、携帯電話持っていません。自宅の電話ならありますけど、なにを話すんですか」

「おまえな……バイト辞めるの引き止めておいてなんて言いぐさだよ……」

「それとこれは違います」

「下手したら一生会えないかもしれないんだぞ？」

「そうなることを勝手に決めたのは、野宮さんじゃないですか」

野宮さんがグッと言葉に詰まって、目を瞬いた。僕の発言のなにをどう勘違いしたのか、

「……うん。イヤ、そりゃちょっと照れる」

などとニヤけて、もさもさの後頭部を掻いた。申し訳ないが僕は野宮さんと一生会えなくてもひとつも困らない。

横を向いて、はあとこっそり溜息をついたら、野宮さんは上半身を屈めてカウンターに両手をつき、僕に顔を寄せた。耳打ちするように、声をひそめる。

「おまえはバイトを辞めること、考えてないのか？　……古本屋はともかく、夜の方とかさ」

「お説教してくれるんですか」

「ンなつもりはないけども……。〝金のために嫌々やる仕事〟ってイメージがあるからさ。でもおまえは違うわけで……」

くちをもごもごさせて視線を泳がせ、いかにも困ったという表情になる野宮さん。

僕の偏見だが、この件に関しては佐藤店長より野宮さんの方が正常な感覚を持っているなと思った。今更ながら人間の深い部分には複雑な真実が隠されているのだと学ぶ。

「なあ、芹田。辛かったら言えよな。俺は男同士とかよくわからんが、その……そんなに我慢出来ないなら、俺が相手してやるから。見ず知らずの複数の男を相手するより効率いいだろ。そん時はちゃんと髪も切るし」

「……。は？」

野宮さんが真剣に言葉を選んでくれたのが理解出来たので、大笑いしてしまった。この人、僕がゲイで恋愛やセックスに飢えているから夜のバイトをしていると勘違いしたのか。

「なんで笑うんだよっ」

怒りと照れを交じり合わせて野宮さんが赤くなる。僕は涙を拭きながら謝罪した。

……そうだな。そんな明確な目的があればもっと違っていたかもしれない。

僕の笑いが落ち着いてくると、野宮さんはハタキを手持ちぶさたに振りまわしながら、最後にこう言った。

「それにしても、店長はなんでおまえのバイトのこと知ってたんだろうな～……？」

結局、野宮さんと電話番号を交換した。

深夜一時前に帰宅して肩から鞄を落とすとコタツに入り、コンビニで買ってきた水をひとくち飲んだ。灰色のテレビ画面を眺めて背中を丸め、コタツ布団を引き寄せる。

一息ついてからコートのポケットに入れていた紙片を取り出し、正面のペットボトルの横に置いた。ボールペンの黒い文字で走り書きされた、野宮さんの携帯番号だ。

声に出さず、三度読んだ。それからひとつ折り、ふたつ折り、みっつ折ってテレビの横のゴミ箱に投げ入れた。

〝痛いの痛いの飛んでいけ〟

〝痛いの痛いの飛んでいけ〟

さっきまでホテルのベッドの上で繰り返していた呪文が、まだ頭の中でまわっていた。

明日も朝から古本屋のバイトだなと考えると、同時に溜息が出た。昼間、佐藤店長に触られた腿が痺れた気がした。……また触られるだろうか。

佐藤店長の店へ面接に行った日のことを、僕は今でも憶えている。

コンビニやスーパーやクリーニング屋など、五軒以上のバイトの面接に「無愛想だ」と素っ気なく落とされた末、訪ねた古本屋だった。接客の才能がないのは自覚したが、働かなければ生活出来ない。

切羽詰まっていた僕に、佐藤店長は笑顔で両腕を広げ、履歴書もろくに見ずに、

『こんな寂れた古本屋で一緒に働いてくれるなんて、とても嬉しいよ。大歓迎だ！』

と迎えてくれた。

なぜ高卒なのか一人暮らしなのか、尋問じみた質問は一切しなかった。

かわりにいそいそ奥の部屋へ行って『今買ってきたのだから食べよう』とおまんじゅうとお茶を持ってきて勢い余って躓《つまず》き、お茶を僕の服にかけて慌てた。

拭いてくれた彼の耳が赤く染まっているのを見て、僕はこの人と働きたいと強く思った。

『若い頃父にね。〝結婚しなくてもいい、子どもだけはつくれ〟と怒鳴られたことがあるよ』

『〝子どもはいい加減な感情でつくるものじゃないだろう？〟と反論すると父は言った。〝家族をつくらなかったら、おまえの死を看取ってくれる人間はひとりもいなくなるんだぞ〟って。

……あの言葉の意味が、最近ようやくわかってきたよ。父なりの愛情も』

……恐らく、佐藤店長は死ぬ寸前に手を握っていてくれる他人を欲している。

苦しい時一緒に泣いてくれる、恐怖に共に怯えてくれる、そういう相手を求めている。

僕と同じように心の伝え方を知らないだけで、きっと胸の奥底では孤独に怯えているのだ。

バイトを辞めればセクハラからは解放されるが、それがすべて穏便に片づく解決策なのだろうか。二年間で僕の心に小川のように穏やかに流れてきて広がった佐藤店長への情が、僕を弱

くさせる。嫌悪と同情がぶつかり合って葛藤し、胸が押し潰されて息が詰まる。

「……弱音という無駄は燃えるゴミと決めている。問題なのは、捨てたつもりでもそれが心の奥底に蓄積されていた事実だったのだ。……そして僕はこの夜の出来事を誰にも言わずに、やがて死んでゆくだろう」

なんとなしに、あの詩集の一文を呟いてみた。

弱音を捨てるゴミ箱はどこにあるのだろう。詩に向かってこたえを求めても無意味だとわかっているが、今はそんな無謀をしてみたい気分だった。

……あるいは成瀬さんならわかるのだろうか。

彼の冷たい唇を思い出してまた水を飲んだ後、僕は床に寝転がって天井に手をのばした。


翌日、佐藤店長はやはり僕に触れてきた。

「藍、今日は手首に傷があるね。縛られたのかい？　大変だ、見せてごらん」

椅子に座っている僕の右腕を横から引いて、しげしげと眺める。

昨夜ついたばかりの傷を、佐藤店長の瞳は心配そうにうつしていた。

「ベルトかなにか？　酷いことする奴もいるものだね。擦れて血が滲んでる」

「いいんです」

「ふうん？　……藍は痛いのが好きか」

佐藤店長の声音が変わり、僕の手首を舌でゾリと舐めた途端、僕は声を失った。

ねっとりした舌の感触が僕の心を黒く染めて殺していく。自分はどこまで脆《もろ》い人間なんだ、と驚愕する頭の反対側で、動揺と困惑が溢れ、喉が痛んだ。

「……困り、ます」

なんとか声を出して抵抗した時、店の自動ドアが開いた。そこに成瀬さんが立っていた。

「いらっしゃいませ！」

僕はわざと大きな声で叫び、佐藤店長が怯んだ隙に腕を引っ込めた。

成瀬さんも僕の声に驚いて立ち止まったが、すぐに我に返って店内へ入ってきた。

「どうぞ、ゆっくりご覧ください」

僕がもう一度声をかけると、成瀬さんは不思議そうに目を瞬き「……はい」と頷いた。

僕の真横に張りついていた佐藤店長も、そそくさと離れて右の本棚の間へ消えていく。

胸の鼓動がまだはやい。項垂れて溜息をこぼしながら、ひとまずカーディガンのポケットに右手の指を入れて指輪をはめた。

成瀬さんは本の背表紙を眺めつつ、こちらへ来る。

二度目の溜息をついた時、手首が冷気に触れてひんやりし、佐藤店長の唾液だ、とギョッとした。佐藤店長の舌の生々しい感触が蘇り、背筋に悪寒が走った。

慌てた挙げ句、無意識に手首をカーディガンへ押しつけて拭いてしまい、ああこれじゃあカーディガンが汚れる、と愕然とした直後には、ティッシュを取って拭っていた。

傷の存在を忘れて強く擦り、激痛が走って悲鳴を上げそうになった。……動揺しすぎだ。心の中にいる、もうひとりの冷静な自分が呆れた。

やがてカウンターの前に来た成瀬さんは「本を、売りたいのですが」と、一冊の文庫本を出した。僕はそれを受け取り、心臓がまだ走り続けているのを感じながら、彼の優しい微苦笑と後頭部ではねる寝グセを見つめた。

佐藤店長のセクハラはエスカレートしている。舌で舐められたのは初めてだった。

この人がいなかったら、僕はどうなっていたんだろう。……どうなっていくんだろう。

「——藍。買い取りのお客さんかい？」

声をかけられてドキとし、振り向くと佐藤店長が棚の横で訝しげに僕達をうかがっていた。

「あ、はい」

なにげなく本を見下ろしたら、それが『夕空の背中』と同じ作者だと気づいた。タイトルに『さよならの声』とある。

視界の隅に佐藤店長が近づいてくる気配があった。僕は咄嗟に本をめくってしおりが挟んであるページを確認し、素早く閉じた。

「？　どうした、藍。なにか本に異常でも？」

確かに奇妙な行動だったが、佐藤店長は目ざとく見つけて訊ねてきた。

僕は素知らぬ振りで佐藤店長に本を渡し、無視した。表情を確認せずとも、佐藤店長が釈然としない様子で首を傾げているのは感じ取れた。

本を査定した佐藤店長は「五十円かなあ」と呟く。成瀬さんは僕を一瞥して、どこか弾んだ声で「十分です」と続け、笑顔で頷いた。

成瀬さんの大きな掌に、佐藤店長が五十円玉を置いた。成瀬さんは軽く握り締めて一礼し、帰っていった。姿が見えなくなると、佐藤店長は腕を組んで急に非難がましい声になった。

「たった一冊だけ売りに来るなんて、妙な客だね」

「……そうでしょうか。同じような方、たまにいらっしゃいますよ」

「イヤ、そんなのは新刊を万引きして持ってくる若者ぐらいだろう。この本は数年前に出版された売れない詩集だ。気味が悪い」

「僕は万引きした本を売りに来る客の方が、気味悪いですが」

間があってから、佐藤店長は僕の横の椅子にドカッと腰を下ろし、顔を寄せてきた。

「……知り合いかい？　ふたりでじっと見つめ合っていたけれど」

「いえ」

「じゃあなぜ私に渡す前に本の中を見た？」

「単なる癖です」

「査定出来ないのに、わざわざ本の中を確認する癖があるのか」

佐藤店長の緩い息が頬にかかって不快になり、僕は顔をそむけた。ここまで厳しく追求されるほど不可解な行動をしたとは思えない。本当に辛い。

なにかべつのことを考えて乗り越えよう、と頭を回転させていたら、店内に差し込む明るい日の光が視界を掠めた。

自動ドアに消えた成瀬さんの背中が、また見えた気がした。

『どうにもならないことを、
どうにかしたいと思った。
その心が恐らく、
どうしようもないものだった』

『気づかれないようにしていることを、
気づいてほしいと願うなんて、
水を掴もうとするのと同じくらい、ばかげてる』

『傷つけたいのと、傷つきたくないのは、同じこと。
わかり合うのと、許し合うのは、違うこと。
恋は、矛盾と共に生きること』

しおりが挟んであったページにつづられていた詩は、みっつだった。

あのあとすぐに野宮さんが来てセクハラについては事なきを得たが、佐藤店長は成瀬さんの売った本を持って奥の自室へこもってしまい、僕は呆れた。僕に読ませないための嫌がらせにしてもやり方が子どもすぎる。

なんだか腹が立ったので佐藤店長が出かけた隙に忍び込んで奪い取り、バイトを終えて店を出る時、レジに千円突っ込んで帰ってきた。

自分も子どもだ。そう我に返ったのは、本を読み終わってしばらくしてからだった。

ベッドの上に俯せになって読んでいたから、両腕と腰がギシと軋んで痛んだ。仰向けに転がって天井を眺め、痛みが和らいできた頃、起き上がって横の窓へ近づいた。

アパートの二階にある僕の部屋からは細い路地が見下ろせる。眩しく光る白い街灯の光と、斜向かいの家で飼っている柴犬の鳴き声。寒いよ、と泣いているみたいだった。

夜が落ちて、ラピスラズリの色の空にはいくつかの星。誰もいない、黒い夜道。

……呼吸がそっと溶けてゆく透明な静寂の中で、人を嫌いになる途中の音が聴こえた。

明日は土曜日でバイトも休みだ。佐藤店長に会わなくてすむ。真っ先にそう考え、にわかに安堵してしまったのが哀しかった。

このまま佐藤店長の傍にいたら、僕は野宮さんに愚痴をこぼすようになるのだろうか。

些細な仕草も不愉快に感じるようになり、あそこが嫌い、ここが嫌い、と怨言《えんげん》を吐き出すことで、鬱積した不満を発散する人間になるのだろうか。

僕は右手の指先で窓ガラスに触れて、ひやりと刺激が浸透した瞬間さらに強く押しつけた。

成瀬さんは昔胃薬を飲んでいたな。社会人だからきっと僕以上に気苦労が多いに違いない。

今なにをしているんだろう。家で本でも読んでいるのかな。それともまた接待に付き合わされているのか……。

窓から指を離して、冷えた部分を左手で撫でた。揉みしだいて温め、ほ、と息を洩らしてから再びベッドに戻り、寝転がった。

目を閉じると成瀬さんの色んな表情がぼんやり浮かんで、消えていった。

初めて会った日の赤い顔。ほうけて僕を見上げた、幼げな瞳。

祖母に作ってもらった巾着袋に大切な思い出があると、照れて教えてくれた。

僕と過ごす時間があるから頑張れる、心の支えにしていると、微笑んだ。

クリスマス前に指輪をくれて、迷惑なら捨てていいよと、苦笑いした。

ゴミ袋の上に積もった雪も綺麗だと、優しい声で話した。

僕を汚したくないと囁き、タオルで指を拭ってくれた。

……成瀬さんに会いたい。別段、佐藤店長のことは慰めてくれなくていい。相談しない。打ち明けない。知られたくもない。

ただ、僕の身体に沁み込んで馴染んでしまった彼の温もりを、今すぐ感じて潰れたかった。

すべてが夢だったのか。なぜか次の月曜日から、佐藤店長のセクハラはピタリと止まった。

一日二日と経過しても触れてこない。かといってさけられているかと思えばそうでもなく、話があれば普通に会話を投げかけてくるし、褒める時は頭を撫で、怒る時はきちんと叱ってくれる。笑顔も以前となにも変わらない。

僕は、佐藤店長は僕のようなガキをからかうのに飽きたんだと喜んだ。よかった。これでまた心地良くバイトを続けていける。全部つまらない杞憂《きゆう》だったんだ。佐藤店長も胸の奥でばかなことをしてしまったと後悔しているに違いない。それならいい。

冬の寒さを連れ去ってゆく春一番の風と共に、互いの忌々《いまいま》しい記憶すべてを消してしまおう。僕はそう思った。

ところが、手首の擦り傷が治って痕も見えなくなった四月の夜、佐藤店長が来た。

ホテルの部屋のドアが開いた途端、僕は絶句して立ち竦んだ。

――夜のバイト先に、指名客として佐藤店長がやって来たのだ。

「なぜそんなに驚くんだい？　名前を聞いてこなかったのか？　……まあいい。入りなさい」

半分忘れかけていた、あのにやけた笑みが彼の顔に広がった。

目眩《めまい》を覚えた僕は、その表情から発せられたどす黒いオーラがぐんにゃりと歪んで膨らみ、僕の身体を覆い尽くして絡みついた気がした。

逃げたい。

咄嗟に思ったが、佐藤店長は僕の腰を強引に引き寄せて中へ誘導した。

ここへ来てしまったら、もう僕は古本屋の店員じゃない。客の……佐藤店長の、玩具だ。

「あ、あの」

ベッドの前まで行くと、佐藤店長は僕の声を無視して身体を擦り寄せ、切羽詰まったように首筋に舌を這わせてきた。生温《なまぬる》く湿った舌が僕の首を舐めまわし、激しい嫌悪と恐怖が右半身を駆け上がったのと同時に、胸の中心に氷の矢が突き刺さった。

思わず両手で彼の肩を押し離そうとしてしまい、ダメだ、この人は客だから抵抗出来ない、と己の義務感にまで強く責められた時には、僕は自分自身を見失った。両手も、どこに持っていけばいいのかわからなくて、ふらふら宙を泳いだ。

「あの、き、着替えないと、いけないので」

振り絞って出した声も、尋常でないほど震えていた。

今まで聞いたこともない、情けない声だった。

「そうだ。藍の店は好きな服を着てくれるんだったね。いいよ、私が着替えさせてあげるよ」

「そういうサービスは、してない。というか、初めてで……」

「どうせ脱ぐならいいじゃないか。ほら、見せてごらん」

すでに佐藤店長はかなりの興奮状態で、呼吸はダラしなく乱れていた。

僕をベッドの上に押し倒すと太腿の上に跨り、僕が肩にかけていた鞄を投げ捨て、上着も剥いでTシャツをたくし上げた。

肌が露わになると、辛抱出来ないというふうに乳首にむしゃぶりつく。ベッドが不規則に揺れる。僕の両腕は不快感と恐怖のせいで戦慄《わなな》き、もはや思うように動かない。

「……私は藍との関係を壊したくなかったんだよ。だから指名せずに我慢していたのに」

ああ……アラームを設定し忘れた。

「野宮クンに聞いたよ。先日来たあのサラリーマンはうちの常連だったそうだね。どうして知り合いじゃないと嘘をついた、ん？」

「な……の、話ですか」

「サラリーマンだよ。一冊だけ本を持ってうちへ来た」

成瀬さん……？

「彼が、なんですか」

「常連だったのに知らないと嘘をついただろうって言ってるんだよ」

「常連、でも、さして深い付き合いではないので」

「浅い仲にも見えなかったよ」

耐えられない。吐き気がする。会話が頭に入らない。怖い。

目を閉じていても肌の唾液が空気に触れ、冷えて僕を刺すのがわかる。それでも執拗に胸を嬲《なぶ》られると、僕は快感に身悶えて反応した。その事実がまた僕の心を貫き、抉《えぐ》った。

「正直に聞かせてくれてもいいじゃないか。私はなにもキミ達の関係を知って引き裂こうってわけじゃないんだよ」

「あ……あの人に、なぜ、執着するんですか」

「知りたいんだよ。藍が他人を見る時にあんな縋るような目をしたこと、なかっただろう？」

「……わかり、ません」

「参考までに知りたいなあ……どうしたらこんな無愛想にしてて、同性の恋人が出来るのか」

佐藤店長が僕のジーパンを下着ごと一気に下げて放り、両脚を持ち上げて開いた。

愛撫が止まり、いやらしい笑い声だけが聞こえて恐る恐る目を開けると、僕の股間の前で半分反応して変化したそれを眺め、にったり笑う佐藤店長の脂ぎった顔があった。

背筋を鋭い痛みが駆け上がり、僕は胸の奥で、成瀬さん、と呻き声を洩らした。

猛烈に哀しくて苦しいのに、こんな状況でも性欲を持て余す自分は醜くて真っ黒な、下劣の塊だと思った。

成瀬さん。成瀬さん。……僕は汚い。やっぱり汚いです。汚いです。

「……藍。いつも言ってるだろう？　私の名前を呼んでごらん」

佐藤店長が舌先で前歯を撫でてからくちを大きく開け、僕の律動を咥《くわ》え込む。

絶望が世界を崩す。音は僅かも、聴こえなかった。

呪文を、唱え忘れた。

〃痛いの痛いの〃

〃飛んでいけ〃

今頃遅い、と考えながら、僕はホテルを出て店へ戻った。どう歩いたかは、記憶にない。

傷つくというのは、哀しむことなんだと思った。身体の中に重くて冷たい感情が生まれ、僕の心を削りながらゴリ、ゴリ、と蠢《うごめ》いていた。

歩いている間、人と擦れ違った気がした。でも足音や話し声は、耳たぶすら掠めなかった。

灰色だった世界が今日は真っ暗で、静寂に満ちていた。

自分がちゃんと歩いているのか、道がどこに繋がっているのか、道など本当にあるのか、なんだか、なにもわからなかった。目の前には哀しい空虚があるばかり。身体の痛みが思い出したように疼《うず》くたび、そのまま心をどろりと溶かしていった。

佐藤店長を信じたかった。疎ましい出来事は全部忘れたかった。もう一度昔のような穏やかな関係に戻れると思っていた。戻れるなら他のことはいくらでも流して捨てようとした。

なのに。佐藤店長は違った。

二年も一緒にいたのに、僕は彼の性欲の対象になることでしか、役に立てなかったのだ。

〝痛いの、飛んでいけ〝

……痛みは飛んでも返ってくるじゃないか。失望を愚痴にかえて店のカウンターの前を通り過ぎようとしたら、オーナーの声が僕を呼び止めた。

「おい、藍」

聞き逃して数歩進み、

「おい、無視かコラ」

と怒られて右手を掴まれた瞬間、僕は大げさに驚愕して飛び退き、振り払ってしまった。

オーナーもびっくりして目を丸める。

「なっ。……どうした？ エライ深刻そうな顔してるな」

こたえられずに心臓を押さえた。オーナーは至近距離に顔を寄せ、僕を睨みつけて続けた。

「客に殴られても平気な顔してるおまえが、なんだ今日は。薬でも盛られたか？」

「……いえ。平気です」

「本当か？」

項垂れるように頷いて、でも今夜は早退したい、と言おうとした。

しかし喉まで出かかった言葉を、オーナーの一言が止めた。

「ヤー……どう見ても無理っぽいな。本当はこのあと、いつもの白シャツ靴下の客から予約が入ってたんだけどキャンセルしとくから。おまえ、今日は帰れ」

え、と掠れた声が洩れた。成瀬さん。電話くれたのか。……予約。

考えるより先に、唇からこぼれていた。オーナーはまた目を丸くする。

「いいです……行きます」

「は？　イヤ、やめておけよ。いいから」

「大丈夫です。ホテル、部屋番号教えてください」

「また殴られるぞ？」

「構いません」

「こっちがよくないっつーの」

僕は早足で部屋へ移動して白シャツを取り、鞄の中身を交換するともう一度オーナーの元へ戻った。しばらく口論したが半ば強引に納得させて部屋番号を訊き出し、「予約時間から十五分過ぎてっからな！」と投げやりに怒鳴られたのもあって、急いでホテルへ向かった。

この感情を、言葉でなんと表現すればいいのかはわからない。ただ僕の中には漠然とした、成瀬さんに会えば救われるという確信があった。彼を欲する理由はそれひとつで十分だった。

時々、身体に激痛が走って足が絡みそうになった。けど、なんとかホテルのエレベーターに乗り、部屋の前へ着いた。

思いの外全速力で走ったみたいで、息が切れて肺が痛んだ。ドアの部屋番号を見てやっと少し落ち着いた。深呼吸して心臓の鼓動より丁寧にノックした。

「はい」

室内から響いた彼の声が自分の耳に触れただけで、思いがけず、僕の心は半分以上満足してしまった。胸の上に右手をのせて息を吐く。

ドアが開いて弾かれたように顔を上げると、

「藍クン、こんばんは」

目の前で、成瀬さんがほんわり微笑んでいた。

「藍クン大丈夫ですか？　珍しく遅かったので心配しました。……もしや走ってきました？」

「……すみません。ちょっと、モタモタしていて」

「いえいえ、構いません。事故とかじゃなくて安心しました。会えて嬉しいです」

小首を傾げて笑顔のまま頷いた成瀬さんは、僕を中へ入るよう促した。軽く頭を下げて奥へ進み、ベッドの白いシーツを見たら、ハッとした。

振り向いて、うしろをついて来る成瀬さんに縋るように叫ぶ。

「すみません。先に、シャワーを浴びていいですか。その間アラームは設定しませんので」

「え、あ、はい。構いませんけど……」

佐藤店長に抱かれたあと、店でシャワーを浴びずに出てきてしまった。

この涎《よだれ》と汗にまみれた身体を、成瀬さんに触らせるわけにはいかない。

「すぐ出ます。待っていてください」

「ええ、待ってます。どうぞ、ゆっくり入ってきてくださいね」

……服を脱ぎ捨ててユニットバスの浴槽の中へ入り、シャワーの下に立ち尽くして冷水のうちから肌にあてた。髪が徐々に湿ってゆき、水が肌を突き刺しながら髪の隙間を通って顔へ滴っていく。湯に変わって最後の冷水が爪先まで落ちるのを、僕はじっと見下ろした。

右腕に鳥肌が立った。プツプツ浮き上がった箇所を左手で撫でて、脳裏に、佐藤店長がそこを吸い上げた姿が過《よぎ》った途端、爪を立てた。引っ掻くように擦って、忌々しい感触の余韻を殺そうとした。

はやく成瀬さんのところへ行こう。再び強く思って、僕はボディシャンプーを身体につけるとガリガリ洗った。

結局、服を着てドライヤーで髪を乾かし、すべての支度が整うまでに二十分ほどかかった。

成瀬さんは窓際の椅子に腰掛けて本を読んでおり、僕が近づくと眼鏡のズレをなおしつつ本を閉じた。

「温まりましたか？」

「……はい。ごめんなさい。今日はずっと、待たせてばかりで」

「いいえ。そんな哀しげな顔しないでください。僕は藍クンと一時間以上一緒にいられて得した気分ですよ」

「シャワーしている間は、会話もなにもしていませんでしたよ」

「会話しなくても、存在感があるでしょう？　シャワーの音が聞こえるだけで、幸せな気持ちになれました」

……音、だけで。ぽつりと心の中で呟いて、僕は俯くように視線を下げた。

椅子の肘掛けを軽く摑む、成瀬さんの左手が見えた。

成瀬さんは立ち上がって僕の顔の位置まで上半身を屈めた。

「……大丈夫ですか」

十分だった。ここまで保ち続けた僕の心が死ぬには、十分すぎる一言だった。

僕はなにか、言葉とも形容し難い呻き声のような音をくちからこぼして、成瀬さんの左手を握り締めた。両手で握って、胸が痛みに痺れるのを耐え、耐えきれずに、でもどうしていいのかわからず地団駄を踏み、歯痒くてもどかしくて、こんなことがしたいわけじゃないんだと思いながら、精一杯頭を振った。

自分がどういう精神状態なのかもわからない。ただ胸が痛くて痛くてしようがなかった。はやく冷静にならないと成瀬さんに迷惑をかけてしまう。僕の手の中にある成瀬さんの左手も、呆然としている。どうしよう。焦る思いに反して痛みは喉まで伝染し、僕を襲う。

成瀬さんはどんな顔をしている……？

見返したら、彼は右手で僕の背中を引き寄せ、

「……藍クン。涙は、我慢しなくてもいいんですよ」

と後頭部を大きな掌で覆って撫で、囁いた。

抱き締められて、僕の唇が成瀬さんの胸に潰された。

途端に堰《せき》を切って溢れ出した涙は、ほろほろこぼれて成瀬さんのシャツを濡らした。彼の身体が温かいと思うと、余計こぼれてきた。

泣き方すらわからない僕は酷く下手で、声を荒げすぎて頭が痛み、それからすぐに、意識を手放してしまったのだった。


……目を覚ました時、ぼやけた視界の先に最初にうつったのは指だった。朦朧《もうろう》とした意識の淵《ふち》で瞬きし、目をこらして見つめていると、その親指が少し湿って光っているのがわかった。

僕の手ではない。僕が抱えている膝の上にのった、成瀬さんの手だった。そして光っているのは僕の涙。

背中が温かくて、成瀬さんの腕が僕の背を支えているのを感じる。彼はベッドの上で僕を左側から抱き締めていた。身体の右側には布団がかけてあり、ベッドサイドにある橙色のライトは夕日のように柔らかくシーツを照らしていて、また眠ってしまいそうだった。

成瀬さんの穏やかな呼吸が、僕の額を掠める。

「……成瀬さん」

「はい」

「成瀬さんは、嫌いな人、いますか」

「いますよ。上司でね、口臭の酷いおじさんがいるんです。コーヒーなんか飲むと最悪で、会議の日はもう本当にしんどくて……上手い指摘方法が見出せないまま耐えていますよ……」

穏やかな低い声のまま、わざとらしい口調で話して溜息をつく成瀬さん。

僕が小さく吹き出すと、一緒に笑ってくれた。

「でもイヤですよね。人を嫌いになると、その感情を持った自分も罪を犯している気になる。気持ちいいものじゃないです」

「……罪、ですか」

「〝嫌い〟って攻撃的な感情でしょう？　いくら傷や不快感を味わわされても、攻撃し返すのは無意味ですし。……結局のところ、ひとりこっそり〝苦手〟だと考えてる場合が多いです」

……僕は成瀬さんの首筋に額を寄せ、彼の香りに顔を埋めながら擦り寄った。

彼の返答の中に自分の欲を見つけた。最初から彼の言葉は予想していたのだ。予想した上でそれを確信に繋げて安堵するため、わざと問うた。……彼の人柄など、すでにわかっている。

僕は〝人を嫌いになるのは苦しいことだよね〟と、一言聞かせてほしかった。

成瀬さん、と僕はもう一度呼びつつ、彼の身体に両腕をまわして脚を崩し、しがみついた。

こたえるように、彼も僕の背と腰に腕を絡ませ、抱いてくれた。

「……ごめんなさい。貴方はお客さんなのに、甘えて」

目を閉じて世界を拒絶すると、闇の中で成瀬さんの腕の感触だけが鮮明に見えた。どの指が震えて、どの指が僕の肌を強く摑んでいるのか、感じ取れた。

しばらく沈黙していた彼は僕の肩に唇を押しつけて「……いいんです」と囁きを嚙んだ。

「藍クン。僕は、罪悪感もなにもなく人を嫌いだと言える時が、ひとつありますよ」

「え」

「藍クンは一見強そうですけど、心の奥底には、脆さを抱えているんですよね。……だから、藍クンを傷つけて哀しませる人間が嫌いです。藍クンを守るためなら、僕はどんな苦労も厭《いと》いません」

無数の針が心臓を真っ直ぐ貫いた。……僕は今どんな顔をしているのだろう。いつも無表情だと言われてきた、そんな生気を失ったような顔を、今もしているだろうか。

「……話して、くれませんか。店員と客の関係を越えるのはいけないとわかっていますけど、藍クンさえよければ、僕は、」

人差し指が、佐藤店長に舐められた舌の記憶を残したまま、成瀬さんを欲して震えていた。心の隅に生まれた想いを声にしたくてくちを開き……躊躇って、喉の底に押し込んで蹴散らした。

目の前に幼い頃から欲し続けた光がやんわり輝くのが見える。駄目だ。……出来ない。

この人は、僕みたいな汚れた人間が縋っていい人じゃない。

「時間、すみません。……もう、一時間経ってしまいましたよね」

……今夜、貴方に会えてよかった。唇を結んで、凍える指先を握り締めた。

成瀬さんは一瞬呼吸を失ったのち、

「いいえ……いいんですよ。一緒にいたがったのは、お客の僕ですよ」

と笑顔の中に、戸惑いを隠した。

肌のそこかしこで燻《くすぶ》っていた寂しさが、僕をまた突き刺して苦しめた。心が千切れた。

僕は成瀬さんから手を離した。ベッドを出て胸を押さえ、バスルームへ移動すると、顔を洗って着替えをすませた。

アラームは鳴った形跡だけ残して停止していた。時刻は夜の十二時前。

鞄を肩にかけてバスルームを出たら、成瀬さんはスーツの上着を着てドアの傍に立っており、

「大丈夫ですか。忘れ物、ありませんか？」

と気づかってくれた。

「平気です。ありがとうございます」

体内に広がる寂寞《せきばく》を殺し、気丈にこたえたつもりだったのに、成瀬さんはふいに僕を抱き寄せ、きつく縛った。そして離れてゆくと、手を僕の掌の方へゆっくり下げ、右指を包む。

刹那、僕は息を呑んで硬直した。――指輪を、つけ忘れていた。

「成瀬さん、違うんです！」

なにがどう違うというのだろう。なにが。

否定の言葉を叫ぶ権利もない。あの日結んだ約束は部屋を出た直後に破っていたのだ。

「……つまり、その……だから、」

なにか言おうとすればするほど成瀬さんの心を抉るとわかっているのに、言葉を探さずにはいられなかった。彼との間に溝が出来てしまうのが恐ろしくて、怯える心が僕を混乱させる。

繋ぎ合った手の感覚すらなくなってきて下唇を噛むと、

「藍クン、藍クン」

成瀬さんは左手で僕の頬を覆って上向かせ、言った。

「慌てる必要ないですよ。僕は藍クンの好きなようにしてほしいと言ったじゃないですか。こんな顔をさせてしまう困った存在なのなら、はやく捨ててしまってください。それに、いつか別れたあと、指輪を見て思い出してくれる事柄が不快なものだったら、その方が辛いです」

世界は一瞬よりはやく砕け散った。この人は今なんと言った。困るなら捨てろ……？

「叱ってください！　優しくしなくていい、存分に怒鳴って責めてくださいよ！」

「僕は藍クンに指輪をねだられてもいないのに、勝手にプレゼントしたんです。なのに〝身につけないとはどういうことだ〟って怒るんですか？　……そんな、図々しい」

成瀬さんは眉を下げて苦笑いし、首を傾げた。僕の頬を宥めるように撫で、「そうして悩んでくれた事実だけで、僕は十分嬉しいです」と続けた。

店員と客という立場を越えて救おうとしてくれた手を、振りほどいたのに。

約束を破っても、言い訳すら満足に出来ず、手酷く傷つけたのに。

なんで。なんで成瀬さん。……なんで。

「さあ、これ以上夜遅くなったら危険です。気をつけて帰って、美味しいご飯でも召し上がったあと、ゆっくり寝てくださいね」

僕の手を引いて出入口へ向かい、成瀬さんが左手でドアを開ける。

「また電話します」

僕は彼の笑顔を見上げた。頬が少し引きつって哀しみに暮れていた。それは僕が昔、養父母や実の親に向けていた偽りの笑顔と同じ気がした。……僕はどうしてこんな人間なんだろう。

溢れ続ける自己嫌悪が衝動的に動かした指先は、成瀬さんの左腕に触れて引き寄せていた。背をのばして唇を寄せ、くちづける。

くちの表面を掠めるだけの想いにとどめた。

止《と》め処《ど》ない彼への熱情を、精一杯の手段で優しく柔らかく届け、伝えたつもりだった。

でも成瀬さんは、

「……お礼、ですね」

そう囁いて、寂しげに微笑んだ。

いつだったか、僕は彼を神様みたいだと言った。でも本当は神様の顔など見たこともない。

だから今度もし人に訊ねられることがあれば、今目の前にある彼の顔を、神様にたとえて教えようと思った。そして考えた。……神様は思いの外、臆病だ。

数日後、僕は古本屋のバイトを辞めた。

当然の如く佐藤店長はごねたし、夜のバイト先にはまた行くと脅してきたが、ブラックリストに入れてもらったから今後相手することはないし、これ以上佐藤店長の性的な部分を見たくないと説得したら渋々納得してくれた様子だった。

佐藤店長以上に驚いたのは野宮さんで、

「俺が辞めるって宣言したのに、先に辞める奴がいるかっ」

と怒りながら、最後には呆れて笑いだした。けど野宮さんも佐藤店長に意思を伝え、僕が去った直後に辞めたようだった。

たまに店の前を通ると、佐藤店長がカウンターの中の椅子に腰掛けて本を読んでいる姿を見かけた。薄暗い店の奥で本棚に囲まれ会話する相手もなく、ひとりで本の文字を追っている。

〝やがてひとりで死んでゆく〟

思い出す言葉は失いかけていた情を蘇らせ、僕の胸に雨粒のような寂しさを降らせた。

そうして、僕は家から少し遠い隣町の古本屋で再びバイトを始めた。

今度の店は老夫婦が経営していて、ふたり共ちょっと耳が遠い。聞いたところによると、バイトが来たのは三年ぶりとのこと。大声を出さないと会話出来ない老人達と一緒に、退屈な仕事をしたがる人はいないということなのだろうか。しかし言わずもがな、僕はすぐに気に入って馴染んでいった。

朝から働いて昼間は奥の居間へお邪魔し、おばあさんのこしらえた昼食を一緒にいただく日もよくあった。僕を孫のように思って接してくれるふたりといると祖母と過ごした記憶が蘇り、穏やかな気持ちでいられた。

五月に入る頃、成瀬さんと再会した。部屋へ行くと相変わらずスーツを着ていて「上着は脱いで待っていてくださいって、お願いしているでしょう」と指摘したら、

「そ、そうだよね、ごめんね。僕も今来たところで……」

と、後頭部を掻いて頬を赤くした。

あの夜のことは、お互いくちにしなかった。

僕は白シャツに着替え、成瀬さんは僕を抱き締め、いつも通り一時間を過ごした。

ひとつだけ違う点があったとしたらそれは、会話らしい会話が一切なかったことだろう。

……僕達は始終無言だった。指や胸から熱を届け合う以外は、最後まで言葉を閉じ、無言という声でのみ、会話をした。

アラームが鳴って再び着替えをすませた別れ際、成瀬さんは見送りに来てくれた。

「また、電話します」

それもすべて、いつもと同じ別れの挨拶だった。

僕は彼の顔を真っ直ぐ見つめて、しばし沈黙してから頷いた。

眼鏡の奥の穏やかな瞳。

優しく笑む唇。

温かい胸。

臆病な指先。

僕が今日限りで夜のバイトを辞めると、彼が知るのは幾日後だろうか。

最後の夜は朝まで過ごそうと話した。あの約束も、破ってしまった。

もう二度と会うことはないだろう。そう考えて、僕はドアの前で成瀬さんの左手を握り締めたまま、長い間俯いていた。

別離の覚悟を結んで見上げた瞬間、酷く照れてはにかむように笑った彼の顔を、僕は永遠に忘れず憶えておこうと思った。

軽く会釈して背を向け、部屋を出る。エレベーターで一階に降り、ホテルを出て生暖かい初夏の風を感じると、肩の鞄をかけなおして歩きだした。

……最後だと言ったら、あの人は僕を抱いただろうか。

優しい微風は深い緑色に彩られた木々の葉をさわさわ揺らして僕の心の横を掠め、流れて溶けて消えていった。

3　両片想い

——深夜一時、電話の音で目を覚ました。

夏も過ぎ秋がきて、窓を開けているとアパートの向かいの家にある庭先から金木犀《きんもくせい》の匂いがきつく香ってくる十月。

電話の相手はわかっている。今月に入ってからもう五回目だ。あまりにしつこくてだんだん腹立たしくなってきたし、時間が時間だ。相手にとって活動時間帯だとわかっていても、許せる回数はとうに超えていた。

僕は大きくて長い溜息をこぼし、もう拒絶を続けるわけにはいかないか……と観念して起き上がったのだった。

商店街の片隅にある小さな古本屋の店番は、午後三時になると睡魔との闘いになる。

今の季節はとくに、太陽がぽかぽか身体を温めるかと思えば、ほんのり冷たい微風が心地良く頬を撫でる過ごしやすい時期だから困る。

しかも店長夫婦はお年寄りで足が悪く、カウンターの中が床より一段高い座敷になって奥の部屋と繋がっているから座り心地もとてもいい。膝の上に雑誌を広げて俯いて読んでいると、そのまま うとうと眠ってしまいそうだった。

やがて自動ドアが開き、やっとお客が来た、と救われた思いで顔を上げた瞬間、僕はそのスーツ姿の彼の笑顔に呼吸を止め……睨んだ。彼は真っ直ぐ歩いてきて僕の前で立ち止まる。

「……成瀬さん。貴方って人は、つくづく可哀想な人ですね」

僕の言葉に彼は懐かしい柔らかな笑みをこぼし、首を傾げた。

「まさか本当に来るとは思いませんでした」

「一応、ここを教えてもらえたので……」

「最初にオーナーから〝白シャツ靴下の客がおまえの連絡先を知りたがってる〟と電話をもらった時は驚きましたよ。しかも断っているにも関わらずしつこい」

「迷惑だった、よね……」

「迷惑ですよ。でも貴方だからここを教えました。金を出しても抱き締めるしか出来ない貴方がストーカーになったところで、刺し殺される心配はないと思ったんです。せいぜい襲うぐらいが関の山かと」

成瀬さんは笑顔のまま右手の指先でこめかみを掻いて、「ええと……」とかたまる。

「なにもしませんよ。ただ、知り合ってから半年以上仲良くさせてもらっていたのに、さよならの挨拶も出来なかったから、哀しくて」

「そうですか。へえ、じゃあ、さようなら」

容赦ない僕の拒絶に、成瀬さんはくちを噤み、軽く俯いた。左手に持っていた鞄を右手に持ちかえて、瞳を横に流しながら眼鏡のズレをなおす。戸惑うばかりで目の前の事実を把握出来ていない、彼の傷が見えた。

「あの……バイト、終わるまで待っていますから、よければ最後に、食事とか……」

「なにか勘違いしていませんか。僕が今まで貴方に従っていたのは貴方が客だったからです。僕達はもう無関係の他人です。客でもない貴方の言うことを聞く気はありませんよ。また白シャツ靴下を着てくれる子を探して、仲良くやってください」

成瀬さんの瞳が震えながら僕を見据える。

僕は膝に置いていた雑誌を胸に引き寄せて、右手を隠した。

「……わかりました。しつこく追いかけてお仕事中に声をかけて、本当にごめんね、藍クン」

「いえ、わかってもらえればいいです」

肩を落とした成瀬さんは、酷く落ち込んだ様子でとぼとぼ店を出ていった。

ところが夜七時。バイトを終えて外へ出ると、店の前のガードレールに寄りかかって彼が待っていた。僕を見つけて嬉しそうな笑顔になり、小走りでやって来る。

「藍クン、お疲れさま。やっぱり、どうしてもゆっくり話したくて。ほんの少しお時間……、」

僕はムスと唇を曲げた。

「いただけません、よね。……ごめんね」

情けなく笑ったその鼻先が、赤く冷えている。僕は溜息をついて成瀬さんの背後を行き交う車を眺めた。……諦めて帰ってくれたと思っていたのに。

「成瀬さんは本当に僕をストーカーする気ですか」

「そんなつもりは、ないんですが……藍クンとの出会いを大切にしたいんです。世の中にはたくさんの人間がいるけど、自分が死ぬまでに関われる人は数えるほどしかいないでしょう？　僕もそれなりに長い年月生きて尊敬する人にも恵まれましたが、藍クンだけは特別なんです」

「……はあ」

「要するに、その……我が儘だと重々承知しているのですが、藍クンと別れる時は自然消滅じゃなく、会話なんてしなくてもいいから、ただ二度と会えない事実に納得して、覚悟出来るまでふたりで過ごしたかったんです」

信号が赤になり、車がゆっくりと停車した。成瀬さんの右手が拳を握って白くなっている。薄暗くなった空には、灰色の雲と輝き始めた小さな星が見えた。風は昨夜より若干冷たい。

数ヶ月ぶりに見た成瀬さんの寝グセは、風に晒《さら》されてゆらゆら揺れていた。年下のこんなちっぽけな僕に対して、懸命に言葉を探してぶつけてくれる彼がまた、目の前にいる。

「……わかりました。来てください」

僕は身を翻して商店街を歩き始めた。「あ、藍クンっ」と慌ててついて来る成瀬さんを尻目に、裏通りへ入ってコンビニに行き、奥の弁当売り場へ真っ直ぐ進んだ。

「成瀬さん。今から僕が言うこと、すべて憶えてくださいね。僕はご飯が好きです。朝もご飯です。パンは滅多に食べません。蕎麦《そば》やうどんも、まあ食べますけど、食べたくなるのは稀《まれ》なので買ってくるのはご飯にしてください」

「う……うん？　買ってくる……？」

「おかずは必要ないです。ご飯だけでいい。だから今日は、鮭ご飯にします」

話しながら弁当を物色した僕は、ひとつ選んで振り向いた。傍にあった買い物カゴを取って中に入れ「ぼうっとしてないで持ってください」と成瀬さんに突き出す。「あ、はい」と受け取った彼の頭の上には、ハテナマークが浮かんでいた。構わず、僕はさらに奥へ移動して今度は冷蔵ショーケースの前へ立ち、ペットボトルに手をのばした。

「で、飲み物は紅茶です。ストレートとミルクが好きです。水もたまに飲みますけど、日本茶や炭酸は滅多に飲みません。——憶えました？」

「は、はい……藍クンはご飯と紅茶が好きなんですね」

「そうです。変な物買ってこられても食べませんから僕」

「買ってこられって、どういう……」

「成瀬さんはなにも食べないんですか？」

一方的に話し終えて、成瀬さんの表情をうかがった。彼はくちを結んでカゴの中の弁当と僕の顔を確認してから「じゃ、じゃあ……」と、ウーロン茶をカゴに入れた。僕は頷く。

「会計してくださいね。すんだら帰りますよ」

「か、帰る……？」

そして僕達はコンビニを出ると一列に並んで距離をあけたまま、再び夜道を歩いた。

数分後、家へ着いた。他人を招くのは初めてだった。１ＬＤＫの部屋はひとりで住むには十分だが、居間のコタツの横に成瀬さんが座っている姿を隣の寝室から見ていると、若干狭くなったような気がした。

成瀬さんは正座した脚を幾度も崩しなおしてそわそわし、落ち着かない様子だ。

「安心してください。僕は一人暮らしですよ。それより、買ってきた物をテーブルに並べてくれませんか」

「あ、はい。す、すみません」

僕も肩から鞄を下ろしてクローゼットの奥を探り、準備をする。しばらくして成瀬さんが、

「用意、出来ましたよ」と遠慮がちに呼びかけてきて、僕もこたえた。

「はい。僕の方も出来ました」

襟元を整えつつ、居間へ行く。……やはり秋とはいえこの格好はこたえる。足元も首元も冷えた空気に撫でられて鳥肌が立った。

「あっ、藍クン、なんで……!?」

僕の姿を見た成瀬さんは背中を反らして目を丸くし、激しく動揺した。

「今これしかないんですけど、黒シャツじゃダメですか」

黒シャツに紺のハイソックス。どうかなと思ったが、成瀬さんは真っ赤になって返答する。

「……と……とても、いいです」

相変わらずわかりやすい反応をくれる。僕は安心して彼の膝の上に座り、コタツのスイッチを入れて足をしまった。用意してもらった弁当の箸を取り、割る。

「藍クン、あのっ」

「うち一応木造アパートなんで、大声出さないでください成瀬さん」

「す、すみません。でも、なにが、なんだか……」

弁当の蓋を開けて、鮭を箸の先でほぐして万遍なく拡げ、ひとくち食べた。

背後にいる成瀬さんが僕の肌に触れないよう、身体を離しているのがわかる。けれど膝の上に座って伝わる彼の腿の感触や体温には、懐かしさがあった。

最後に会ってから約半年。温もりは想像以上に記憶に残っていた。

「……成瀬さん。出会いを大事にしたいという貴方の気持ち、理解しました。仕方ないので貴方が僕に飽きるまで付き合います。僕は毎日バイトの時間以外は家にいるので、好きな時に出入りしてください。合鍵、渡します」

「あ、合鍵ですかっ？」

「客でも店員でもないので、お金はもらいません。そのかわり来る日はコンビニで食べ物を買ってきてください。僕は貴方といる間、シャツと靴下姿でいます。……どうですか」

ふたくち目の鮭ご飯を食べてペットボトルを取り、紅茶を飲んだ。温かい紅茶にすればよかった。にわかに後悔しつつペットボトルから指を離した直後、成瀬さんの両腕が僕の身体にまわって、ゆっくり縛るように抱き竦めた。左側に成瀬さんが顔を寄せて首筋に吐息がかかる。

言葉を崩して、切れ切れになにか囁いた。藍クン、と聞こえた気がした。

……胸とお腹を縛る微かな痛みと温もり。僕はご飯の上にのった鮭の、ほぐれて柔らかくなった部分をじっと見下ろし、音もない息をこぼした。

「嬉しいです、藍クン……」

背中に成瀬さんの胸が触れて僕の身体を温めた。ひとりでいる時は静寂以外なにもない部屋が、成瀬さんの存在ひとつで熱に覆われていった。

救急車の音が遠くから聞こえてきて、通り過ぎる。……成瀬さん。

「……なぜ今頃来たんですか。僕がバイトを辞めたと知ったのは、最近でしたか」

「いえ……。夏には、古本屋のバイトを辞めたことも聞きました。何度か訪れていたら店長さんから声をかけてくれて」

「佐藤店長が？」

「藍クンを心配している様子でしたよ。お互い藍クンの行方がわからず途方に暮れました」

古本の香りと昼の日差しの中でふたりが並んで立ち尽くし、溜息をつく姿が想像出来た。

「……佐藤店長、心配してましたか」

「ええ。それに、寂しそうでした」

僕は頷いて目を閉じ、そっと開いた。

「藍クン。キミが古本屋のバイトまで辞めてしまったのは、僕のせいですか。僕と会うのを、さけるために。……もしそうなら、すみません」

成瀬さんの哀しげな声音は僕を少し笑わせた。忘れかけていたすべてが心に降ってくる。

一生会うこともないと信じて、半年生きてきたのに。

「……成瀬さん。黙って辞めて、ごめんなさい」

「え……いいえ。僕の方こそ、すみません。去ってしまったのが藍クンのこたえだとわかっていたのに、こんなふうに追いかけて、不愉快な気持ちにさせましたよね」

成瀬さんは僕の左肩に額をのせて俯いた。

僕は、僕のお腹を抱く彼の右手の上に自分の右手を重ねて絡め、握り締めた。

届かなければいいと、そう思いながら唇を開く。

「……不愉快じゃ、ないですよ」

成瀬さんの震えが僕の手にも伝わると、薬指の指輪が傾いて小さく揺れた。

縋ってしまえば互いに傷だけが残る。わかっているのに、彼が目の前で笑顔を浮かべて僕の名前を呼んでくれると、意志が緩む。だから一緒に過ごして、彼が僕から滲み出る汚さを見つけてしまうまで、傍にいよう。……それを最後の覚悟にした。

「藍クン、この本……」

成瀬さんは半月後、再び僕の家へやって来た。

合鍵を渡したにも関わらず寒空の下で僕の帰りを待ち、屈託のない笑顔で「おかえり」と迎えてくれた彼と、コタツに並んで食事をすませたあと、寝室で本棚を見た彼は呟いた。

「読んで、くれたんですか」

振り向いて僕の顔をうかがう彼が指さしているのは、『夕空の背中』と『さよならの声』だった。

「気に入ったので、買いました」

「え。わざわざ、買ってくれたんですか」

「どちらも成瀬さんが持ってきてくださった本ですよ」

近づいて、成瀬さんの横に立った。

彼は目を瞬きながら、僕の顔と本の背表紙を交互に見て照れたように微笑み、俯いた。

「……実はこの本は、すべて買ったばかりのものだったんですよ」

「？　古本じゃ、ないんですか」

「僕が繰り返し読み続けている本を、書店で買って藍クンのいる古本屋へ売っていました」

彼がスーツ姿で本屋へ入り、すでに持っている本を選んで購入している姿を想像した。

しおりが挟んであったページの詩は、やっぱり彼のメッセージだったのか。

「僕に、読ませたかったんですよね」

俯く成瀬さんの目が半分閉じ、長い睫毛が揺れる。

「……気づいていた上で、こうして揃えてくださったんですね」

部屋の外から、柴犬の鳴き声が聞こえてきた。

〝どうにもならないことを、どうにかしたいと思った。その心が恐らく、どうしようもないものだった〟

〝気づかれないようにしていることを気づいてほしいと願うなんて、水を掴もうとするのと同じくらい、ばかげてる〟

〝恋は、矛盾と共に生きること〟

心がコトリと動いて痺れた。成瀬さんが詩集からそっと届けようとした想いの数々が、僕の胸を刺激して握り潰した。伝わらなくてもいいと思っていたのであろう彼の臆病な狡猾《こうかつ》さが、酷く嬉しくて辛かった。

棚から本の香りが浮かんでくる。二冊の詩集の横にはもう一冊大事にしている本があった。

「……そう。成瀬さんから借りた本も、返していませんでした。成瀬さんがいつ店に来るかわからなかったし、持ち歩くと汚してしまいそうだったので」

傾けて一冊抜き取り、成瀬さんに差し出した。

彼は本を見て小刻みに二度頷き、

「最初に古本屋で会った雨の日の、あの本ですね」

と受け取って表紙に描かれている四つ葉のクローバーをしみじみ眺めた。

主人公の女子高生に感情移入したと、感想を聞かせてくれた本だ。〝貴方のような優しい人は胃腸を壊すはずだ〟と言い、僕は呆れた。

「長い間借りっぱなしで、すみませんでした」

ところが成瀬さんは頭を振って本を棚に戻してしまった。

「……いいです。藍クンが持っていてください。またここへ来た時、読ませてくれませんか」

視線で触れ合って時を止めた。雪が掌に降ってきて溶けるまでのような、時間とも形容し難い一時《ひととき》だった。

僕は声を差し挟むのが罪に思えてきて「いいですよ」と、聞こえるか聞こえないかの小さな囁きでこたえた。

時計の針は九時をさしている。アラームを気にせず過ごす成瀬さんとの時間には違和感も抱いたけど、そうして僅かな隔たりが消えたのに反し、成瀬さんの指は遠くなった。

「藍クン。……手を、繋いでいいですか」

以前はなにも言わず僕の身体を抱き締めたのに、些細な触れ合いでさえ許しを請う。

僕が彼の手を握り締めると、嬉しそうに下唇を噛んで俯き、ベッドの横のベランダへ続くガラス戸へ近づいた。

「昔こうしてふたりで雪を眺めたことがありましたね。手を繋いでおしゃべりをして一時間。……大切な想い出です」

僕を偽りの恋人と意識するのもやめた、成瀬さんの心を感じた。

自制というより諦めに似た空気が、彼の瞳から滲んでいた。

「今年も雪の日に、僕のところへ来てくれればいいです。もう予約は必要ありません」

また柴犬がワンと鳴いた。成瀬さんは苦笑して僕の言葉にはこたえなかった。

「……。成瀬さんは最初古本屋で偶然会った時、なぜなにも言わなかったんですか」

夜風は聞こえない。成瀬さんの呼吸も聞こえない。自分の心も、無音になる。

「……外では、他人同士ですから」

世界は広すぎて、羽の使い方を知らない僕達は、籠の中にいた頃の方がずっと自由だったのだと悟った。


次に成瀬さんが来たのは一月後《ひとつき》。その次はまた半月後。

あっという間にクリスマスで賑わう時期になり、古本屋の店長夫婦もはしゃいで、「今年は藍クンもいるし店内を綺麗に飾ってお祝いしようか」と提案した。僕も普段お世話になっているふたりを喜ばせてあげたくて「なら僕がクリスマスツリーを買いに行きます」と街へ出た。

駅前の玩具屋でツリーを買うと、文房具店へ入って細かい飾りやセロハンテープなどを揃えた。そこではたと、この文房具店で野宮さんがバイトをしているんじゃなかったっけ、と思い出し、会計時になにげなく店員さんに訊ねてみた。

「あの、すみません。野宮さんいますか。野宮、か……か……えーと……か、か……」

「野宮一紀ですか？」

「あ、そうです。野宮、一紀さんです」

バイトを辞めてから会っていなかったし、名前が出てこなかった。頭を下げて謝罪したら、若くてハンサムな男の店員さんは人懐っこそうな笑顔で吹き出した。

「申し訳ございません。名前も憶えてもらえないって、なんかアイツらしくて……」

どうやら彼は野宮さんを知っている様子だ。商品を包装しつつ、話してくれる。

「アイツ、面倒見るのは好きだけどガサツだからどこかで失敗して、逆に迷惑かけているのに気づかず満足しているっていうか……。そんなところありません？　名前を忘れられる扱いにも、愛嬌を感じます」

「……野宮さんのことを、よくご存知なんですね」

「僕はここでアイツの尻拭い担当でした。坂下《さかした》です」

彼がわざとらしく肩を竦めたので、僕もちょっと笑ってしまった。ハタキで商品の古本をぶっ叩くような人だ。坂下さんがどんな尻拭いをしてきたのかは、訊かなくても想像出来る。

「僕は野宮さんと古本屋で一緒にバイトをしていた芹田です。今日は彼、お休みですか」

「休みというか、野宮は先日辞めたばかりなんです。田舎へ帰る準備があって」

「あ、そうか。大学を辞めて帰るって、言ってましたね」

「もしかしてそれも本人から聞いたのに、忘れてました？」

坂下さんは目を丸めたあと、またおかしそうに吹き出した。僕は坂下さんと野宮さんは仲良しなんだろうなと感じた。案の定、

「まだこっちにいますから、芹田さんがいらしたことを伝えておきましょうか？」

と親切に申し出てくれた。

だがどうしても話したい事柄があるわけじゃないし、他人の手を煩わせるのも忍びない。

「いいです。ちょっと顔を見られればと思っただけなので。すみません」

僕は礼を言って頭を下げ、坂下さんと別れて古本屋へ戻った。

……ところが翌日の夜、眠っていると電話が鳴った。布団を被って拒絶したが、留守電に切りかわって無言のまま切れたのち、再び鳴りだす。応答するまでコールし続けるつもりか、とうんざり起き上がり、居間へ移動して電話の受話器を取ったら、

『おう、芹田久しぶり～俺だよ、野宮だよ』

脳天気な声が僕の耳を突いた。

「……ああ、はい」

『ん？　不機嫌そうだな。まさか寝てた？　って、ンなわけないよな、だってまだ九時……』

「寝てました」

『……そ、そうか。ごめん。ヤ、坂下から電話もらって、おまえが俺に会いに来てくれたっていうからさ。なにか用事があったのかなーと思ってさ』

連絡しなくていいと断ったのに……とゲンナリしつつ後頭部を掻いた。目を擦って、真っ暗な居間から寝室の窓の外を眺める。

「べつに用事はなにもないんです」

『用事がないのに会いに来てくれたのか？』

「まあ、そういうことに、なります、けど」

『歯切れ悪いな……。どうせなら電話くれればよかったのに。番号書いたメモ交換したろ？』

「捨てました」

『は⁉』

まだ半分眠っている僕の頭に、野宮さんの声がキンと突き刺さった。受話器を耳から離してしばらく怒鳴り声を無視し、溜息をついて打ち明けた。

「番号は記憶してますけど、電話するほどじゃないし。本当に寄ってみただけなんですよ」

『……記憶してるだと？　じゃあ今言ってみろよっ』

「会話の趣旨が変わってますよ」

『ごまかすなっ。やっぱり忘れたんじゃないか！』

「大声出さないでください。頭が痛い」

『酷い奴だよ……。俺は結構おまえのこと可愛がってたつもりなのにさ……』

「半年以上連絡しなくても問題ない仲だったじゃないですか」

『俺はたまにおまえのこと考えてたぞ！　ずっと心配してたんだからなっ』

「心配なんて、しなくていいです」

僕は他人に気にかけてもらうような人間じゃない、という意味だったが、野宮さんは、

『一緒に働いた情があンだから、簡単に忘れるわけないだろうが！』

と力一杯怒った。僕はやっと目を覚ます。

「……野宮さん」

『なんだよ』

「声、うるさいです」

再び受話器を耳から離して、僕は静寂を壊す野宮さんの怒鳴り声を聞いた。しみじみ懐かしんで、自分が心なしか和んでいるのに気づく。坂下さんの言っていた通り、野宮さんは鬱陶しいけどそこに思いやりがあるとわかるから憎めない。

ひとしきり怒鳴った野宮さんは機嫌が良くなり、

『クリスマスだし、久々に会うか！』

と唐突に切り出した。

『今日電話で話したのもなにかの縁だろ。男同士語り合おうぜ！』

「語ることなんて、とくにないですけど」

『照れるなって』

「照れてないです」

……なんだか面倒なことになってきた。

『おまえ今もバイトしてるんだろ？　夜以外の方がいいのか？』

「いえ。夜のバイトは辞めました。今は昼間、隣町の古本屋で働いてます」

『はは～。おまえ古本好きだな～』

電話の向こうで野宮さんが手帳を開いているような気配がある。本当に僕と会う気らしい。

「僕と会っても、楽しくないですよ」

『それは俺が決めることだろ。……バイトあンなら、土日がいい？』

「土日は駄目です」

『駄目とか言うし……わかったよ。じゃあ、平日の夜？』

「平日なら、いつでもあいてますが」

『なら、明後日の夜な。決まり』

「会って、どうするんですか」

『メシ食ってしゃべって帰るの。新しいバイト始めたなら、その話を聞かせてよ』

「はあ……なんで知りたいんですか」

『なんでとかそういうことじゃないんだよ。気持ちの問題なんだよ。俺が田舎帰ったら本当に会えなくなるしな。おまえと働いてた時間も、こっちでの思い出のひとつだし、一応、さよならって挨拶ぐらいしときたいじゃない』

さよなら、か……。

僕は「わかりました」と頷き、会う場所と時間が決まると電話を切ったのだった。


二日後の夜、バイトが終わってから、野宮さんと約束していた居酒屋へ向かった。

僕が店へ入ると野宮さんはすでに奥の座敷席へ座って待っており、大きな声で「こっちこっち～」と手招きした。

狭い店内には人がギッシリ詰まっていて、その間を店員さんが料理片手に急いでいる。煙たい煙草の匂いと酔っぱらった客の騒がしい笑い声は、僕を早速不快にさせた。

サイレンが鳴り響いているみたいに鼓膜が痛む。テーブル席の客が大笑いして仰け反ったり立ち上がって暴れたりするたび、歩みを止めて項垂れながら、やっと席に辿り着くと、野宮さんは、

「なんて顔してンだよおまえは！　ささ、はやく座れよ、呑もう呑もう！」

と楽しげに僕の肩を叩いた。面白いぐらい昔のままの彼に、僕はなんとなくほっとした。

野宮さんが注文しておいてくれた料理と、僕が追加した飲み物が揃うと、ふたりで食事をしながら会話した。

周囲がうるさくて、僕はしゃべる気になれなかったが、野宮さんといるとしゃべるのは大抵彼の方で、僕は当たり障りない返答をするだけですむから気楽に思う。

「おまえとはバイト先以外で会ったことなかったし、久々だから変な感じだな。……店に会いに来てくれたのは、本当になんの用事もなかったのか？」

「ないです」

「相談事なら聞くぞ～？　まあ、単に思い出してくれただけでも嬉しいんだけどさ」

「思い出しただけです」

「そんなふうにおまえはいつも素っ気ないから、ちょっとでも甘えた素振りしてくれると嬉しいわけよ！　――……ってなんだよその顔。あからさまに気味悪がるなよ！」

野宮さんはすぐ実家に帰らなかった理由を〝身辺整理に時間がかかったから〟と説明した。

「中退だから親にも散々叱られたんだけど、必死に引き止めてくれる友達もいたし、バイト先で哀しんでくれる子もいてなあ。一番困ったのがアイツだよ。後輩にさ、自分じゃなにも決められない奴がいンの。ファミレス入って自分が食べる物まで人に決めてもらわないとダメなお坊ちゃん。そいつ説得するのにエライ苦労したわ～……」

野宮さんらしい、華やかで賑やかな人間関係が見えてくる。

僕と野宮さんの世界は時間の流れる速度すら違うんじゃないかと思った。僕がぼうっとしている間に、野宮さんはたくさんの人の感情に触れ、経験し、生きていると感じたからだ。

「楽しそうですね」

「え？　まあな～。なんだかんだいって、俺も奴等といるのが楽しいからこっちにダラダラ居続けたんだろうけどな」

「素敵なことです。互いに思い合える相手なんて、そうそう出会えませんから」

野宮さんは僕の顔を覗き込んで首を傾げた。

「？　芹田、なんか変わったな。性格が柔らかくなった？」

「べつに自覚ないですけど」

「おい。そこで否定するのもナンだろ」

ははは笑った野宮さんは、先日会った坂下さんのことも聞かせてくれた。

プライベートでもよく遊ぶ仲らしく「坂下とは先週ドライブに行ったんだけど、冬だから空気も綺麗で、山とか走ると気持ちよかったよ」などと言う。

「田舎帰ったらみんなとも会う機会が減って疎遠になるのかなあ～……。寂しいなあ」

寂しいと聞いて、成瀬さんを思い出した。最後に会ったのは半月前だ。師走の半ばは社会人にとって忙しい時期なんだろうな、と頭の隅でぽつんと考えた。

……ふと、うるさかったはずの客の声が遠くなる。煙草の匂いもさして感じなくなり、胸にシンと冷たい寂寥が降った。

しかし感傷に浸ったのも束の間、そのあと野宮さんは「来週はクリスマスだからな！」とはしゃぎ始めてグイグイ酒を呑み、ひとりで泥酔してしまった。いきなり笑いだしたり怒りだしたりして、隣席の人達にまでチラチラ睨まれている。

最初に感じた懐かしさや親しみはすぐにぶち壊れ、一時間も経過すると放って帰りたくなってきた。

「すみません野宮さん。僕帰ります」

「まだ夜は長いだろ！　俺は年が明けたら田舎に帰るんですよ？　付き合ってくださいよ！」

真っ赤な顔でくだを巻いて、上半身をぐねぐね揺らしながら笑顔で僕の服の袖を引っ張る。

「……来るんじゃやなかった」

「なんか言ったかぁ⁉」

「帰ります。さようなら」

「ちょ、待っ！　待っ……！」

コートを取って素早くレジへ向かったが、野宮さんが僕のジーパンのベルト通しに指を引っかけてガクンと引き戻した。もしゃもしゃの天然パーマに拳を振り下ろして殴ったが「いってぇ！　いてぇ！」と大声で叫んで笑い、もうどうしようもない。

腹が立った僕は野宮さんの尻ポケットから財布を出して会計をすませ、外へ出てタクシーを呼び止めると中へ放り込んだ。

「この人、家まで連れていってください。財布はコレです」

「イヤイヤ、こんな酔っぱらいひとりで道を説明出来るの？　困るよ。降りて降りて」

運転手は素っ気なく拒否。……で結局、僕は彼を自宅へ連れ帰るハメになってしまった。

千鳥足で歩く人間を初めて見た。電柱や塀にぶつかって笑いながら歩く野宮さんに辟易《へきえき》した僕は、彼のジャンパーの背中を摑んでアパートの階段を上り、二階の部屋まで誘導した。

中へ入ると野宮さんは大声で「芹田の家かー！」と喜んだ挙げ句玄関で躓き、転んで笑って動けなくなった。僕が彼の背中を踏みつけて「ベッドは奥です。さっさと寝て静かにしてください」と叱ると、ガバッと立ち上がって真っ直ぐ走っていき、ベッドへダイブした。

俯せに僕の枕を抱きかかえ、端を揉みしだきながらへらへら笑う。

「芹田の枕、柔らかいもみもみ～。芹田の匂いがするもみもみ～」

……心底嫌気がさした。これだから酒を呑む人間は嫌いだ、と心の中で叫んで、野宮さんに馬乗りになり、笑い続ける彼の頰を叩いたりつねったりしていた時だった。チャイムが鳴って誰か来た。

反射的に時計を確認すると、時刻は八時四十分。

「おお？　こんな時間に誰だ？　芹田の友達？」

野宮さんはにやけた。友達なんかいない。もしや、と玄関へ駆けていってドアを開けたら、

「こんばんは、藍クン」

そこに、寒さで頬と鼻先を赤く染めた、成瀬さんが立っていた。……会えた。

「……突然来て、すみません。平日の夜なんて迷惑でしたよね」

鞄を持つ手も赤くして、彼は穏やかに微苦笑する。

野宮さんに掻き乱された心が瞬く間に落ち着いて、熱くなるのを感じた。

「いいえ。全然迷惑じゃないです。どうぞ上がってください。はやく」

腕を引っ張ると成瀬さんは照れて笑い、玄関へ入って……目を見張った。野宮さんの靴だ。

僕が説明するより先に、元凶が寝室から出てきて素《す》っ頓狂《とんきょう》な声で仰天した。

「おぉお!? あれっ!? 誰だっけ、えーと……あ！　古本屋の常連さん！　なんでここに!?」

成瀬さんは言い淀んで焦り、「それは、その……」といたたまれない様子で目を泳がせる。

僕は野宮さんを睨んで突進し、肩先をドンと殴ると再び寝室へ押し込んで、

「黙って寝てろ」

と一蹴し、ドアを閉めた。

「ひでぇ！　遊んでよ！　ねえ！　皆で呑みなおそうよ！」

ドアを叩いて暴れているが、放置。

成瀬さんは目をぱちぱち瞬いて玄関先で縮こまり、戸惑って居心地悪そうにしている。

僕は構わず成瀬さんの腕を引いて、居間のコタツへ入るよう促した。鞄と荷物をコタツの横に置いて中腰にしゃがんだ成瀬さんは、遠慮がちに問う。

「あの……よかったんでしょうか。先約があったようなら、僕は帰りますよ……？」

冗談じゃない。成瀬さんが礼儀正しく身を引くなんて滑稽《こっけい》だ。

「あれは単なる酔っぱらいです。今すぐ近所のドブ川に投げ捨てたっていい。白シャツ靴下姿にはなれませんけど、よければここにいてください」

「も、もちろんこのままの格好でいいです、このままで……！」

慌てた成瀬さんは僕を見つめて言い聞かせる。頷いて笑ったら、胸を撫で下ろした。

「でもパジャマに着替えます。前にそれで指名してくれた日もあったし、半裸じゃないから」

「わ、かりました」

呆れたことに、寝室へ入ったら野宮さんはすでに寝ていた。なにが、呑みなおそう、だ。

悪態をついてパジャマを取り、居間へ戻って着替える。成瀬さんはそれとなく視線をそらして食事の用意をしてくれた。

次第に香ばしい匂いが漂ってきて驚いた。……チキンだ。

「藍クン、お腹すいていますか？　夕飯をすませたなら、食べられませんよね」

「ううん、食べたいです。美味しそう。チキンなんて久々です」

僕は嬉しくなって、着替え終えると香りに誘われるまま成瀬さんの横へ座った。

「来週クリスマスなので、それっぽい料理を選んでみたんです。チキンポットパイとサラダも買いました。藍クンはご飯が好きって言ってたけど、どうかな？」

あいた紙袋をまとめながら、成瀬さんは僕の前にポットパイを置いてくれた。初めて見たけど、ふわりと膨らんだパイの中にシチューが入っているものだという知識はあった。すごく食べたい。……が、居酒屋で軽く食事したので、丸々一個は食べきれないかもしれない。

困っていたら、成瀬さんは僕の表情をうかがってにっこり微笑み、

「ふたつ買いましたから、ふたりでひとつ食べましょうか。ひとつは取っておいて明日の朝、隣で寝ている彼にあげてください」

とポットパイをひとつ袋にしまった。……彼はこちらがなにも言わなくとも心を察して気づかえる人なんだ、と改めて痛感したら、胸が震えた。

僕がじっと見返していると〝どうしたの〟というふうに笑顔で首を傾げる。

テーブルの上の成瀬さんの左指が軽く拳を握った。チキンの香りが鼻先を掠めた。

僕が俯くと、成瀬さんは拳を開いて僕の右頬に近づけ、指先だけでほんの僅か、触れた。

……冷たい。バイト最終日の別れ際、最後を覚悟して強く繋いだ左手。

僕は目を閉じて彼の掌に寄り添った。沈黙する彼の指を自分の右手で覆って、握り締めた。

冷たさが僕の頬と指先にも伝わって胸の底まで降って沁み込み、小さく凍えた。

成瀬さんの指先も目覚めて僕の頬をやんわり撫でてくれ、僕の中に微かな火が灯《とも》った。

彼の腕を引き寄せてそのまま首に自分の腕をまわし、身体を寄せて重ね合わせ、膝に跨ってしがみついた。服も少し冷たい。僕のパジャマも冷えて、互いの体温が混ざり合う。

「藍クン……」

「成瀬さんは、もっと頻繁に来ると思っていました。僕は貴方が来るか来ないか判断出来なくて、夕飯を抜くことが増えました」

「えっ、食べていないんですか？」

「家にはあまり食材を置かないたちなんです。バイトから帰ってきてしまうと、また出かけるのは面倒ですし。水を飲んで寝てしまいます」

「ちゃんと食べてください、心配になります！」

「せめて、いつ来るか決めてくれませんか」

「来る日……ですか」

僕は頷いて成瀬さんの肩のシャツを噛んだ。気づかずに、成瀬さんは僕の腰に両腕をまわして抱き締め、考え込む。

「仕事の都合もありますが、今まで通り月半ばと末日頃の週末には……」

「一ヶ月に、二度だけですか」

僕は両脚を突っ張った。成瀬さんは仰け反るように体勢を崩し、「ああっ」と情けない声を上げてよろめいた。

「成瀬さんのこと、よくわからないです。会いたいと言ってわざわざバイト先まで乗り込んできたのに、合鍵を渡しても遠慮がちで。客じゃないのに来るペースは変わらない」

「……わ、わかりました。もう少し頻繁に来ます。そして料理を作ります」

「頻繁て、どれぐらいですか。具体的に教えてほしいです」

「ええと……月に、三、四回とか」

「頻繁じゃないです。具体的でもない」

「二週間に、一度、ぐらいかな」

「それ減ってませんか」

「なら……一週間に一度？　週末に、とか」

「うん」

会話が止まった。

僕は成瀬さんの肩に頬を寄せたまま動かなかった。部屋に広がったチキンの匂いと、彼の香りと体温に、黙って浸った。目を閉じていても、僕の背中を覆う彼の大きな掌が見える。

「……僕は、本当は藍クンが目の前にいる現実を、いまだ信じきれないんですよ。今はお客でもありませんし、この部屋にいると夢の中で生きている気さえします。藍クンがいて、自分がいて。たまに外の音がさらさら聞こえてくる。その他にはなにもない」

「今夜は邪魔な酔っぱらいがいて、すみません」

ゆっくり上半身を離したら、成瀬さんが眉を下げて苦笑いになった。笑いが落ち着くと、彼は両手を繋ぎ、重なった手の中で傾いた僕の指輪に、はたと目を見開いた。

「……ずっとしてましたよ。あれから一度もはずしたことはないです」

小声で伝えたら、成瀬さんは再び苦笑を浮かべて目を伏せ、「……ありがとう」と頷いた。僕の言葉を半分受け止めて、半分流して消したような声音だった。

「本当です。貴方が信じなくても、真実です」

また頷いた彼が、僕の背中を抱き寄せる。

「あの、寝室にいる彼は、その……藍クンの……、」

「はい?」

「……。いえ。なんでもありません」

静寂が積もる。酷使して壊れかけているエアコンだけが、ブブと微かな音を立てていた。


毎週末に、と約束したが、成瀬さんはその後クリスマスと年末年始の休みには来なかった。そして仕事始めの時期も過ぎた土曜日の夜、僕の家の前で待っていた。

「成瀬さん、なぜまた外で突っ立ってるんです。中で温かくしていればいいのに」

「すみません……合鍵を使うのは、どうしても気が引けてしまって……」

後頭部の寝グセを撫でて謝る彼のもう一方の手には、スーパーの買い物袋が。

「もしかして、本当に料理をするんですか……?」

「しますよ。美味しいご飯、作りますよ」

部屋へ招くと、成瀬さんはスーツの上着を脱いでシャツの袖をまくり、「キッチンお借りしますね」と食材を袋から出していった。僕は成瀬さんの背中を眺めて黒シャツに着替える。鼻歌でもこぼれてきそうな楽しげな横顔と寝グセと、細身なのに微かに力強さの浮かぶ腕。シャツのボタンを閉めながら彼の手元が気になって、なんとなしに近づいてみた。骨張った綺麗な指がピーマンを洗っていた。丁寧に種を除いていくと、腕と肩先が揺れる。気づいた時には僕は彼の真横に立っていて、彼も〝すぐに出来るからね〟というふうに微笑んでいた。

一歩下がって背後にまわったら、広い背中が視界を覆った。正面から抱きついたことしかないので、彼の背中の広さにいささか驚いた。

……左手をのせて軽く押しつけると、シャツのシワが掌の下でのびた。

「今日はポークステーキですよ。豚肉なら和食にしても悪くないので、煮物とまぜご飯も作ります。ご飯好きの藍クンに、気に入ってもらえるといいな」

僕は成瀬さんの背に額をつけ、両腕を腰にまわして身を寄せた。服の下の身体の感触が腕に伝わってきた。三週間ぶりの彼の香りを、少し懐かしく感じた。

「楽しみです。……嬉しい」

僕の肌に届く彼の背中の温もりが、僕の意識を千切ってゆくのがわかった。酷く脆く無力になって視野も狭くなり、心も潰れて世界も消え去り、言葉も頭からこぼれ落ちていってたったひとつしか言えなくなった。——成瀬さん。……成瀬さん。成瀬さん。

成瀬さんは僕の手の上に自分の左手をのせて撫でてから、料理を続けた。彼が横に移動すると、僕もくっついたまま移動する。笑う彼につられて僕も笑いながら、強くしがみついた。

やがて美味しそうな香りが漂い始め、成瀬さんは「藍クン」と僕の名を呼ぶと、目の前に煮物の大根を差し出した。ぱく、と食べたら「美味しい？」と微笑んで問う。僕は頷いた。

一秒後も一分後も一時間後も、彼がいる間は温かい出来事ばかり降ってきて重なり、溶けてゆくのだと実感する。

ピピピと炊飯器が鳴ると、僕も手伝うことにした。僕がまぜご飯をよそって成瀬さんが煮物とステーキを皿に盛り、テーブルに並べる。すべて揃ったら、ふたりで声を揃えて「いただきます」と手を合わせ、食べた。

ステーキには特製のタレがかけてあって、横にはピーマンと人参が添えてある。

まぜご飯はひじきの入った五目ご飯。煮物は里芋が大きな筑前煮《ちくぜんに》。人参や大根は大きさと形が整っていないし、全体的に薄味の、成瀬さんらしい不器用で繊細で優しい料理だった。

「とっても美味しいです。僕は野菜を炒めることぐらいしか出来ないので本当に嬉しい」

「よかったです。藍クンの笑顔が、僕もなにより嬉しいです」

里芋を噛み締めると、味が口内を満たした。炊きたてのご飯を食べたのも久しぶりだった。

「なにか、成瀬さんにお礼をしたいです。明日の日曜日も会いましょう。前に成瀬さんは、僕と出かけたいと話してくれました。映画とか、どうですか」

「え。いいですよ、お礼だなんて……」

「駄目ですか。用事、ありますか」

成瀬さんは手を止めて俯いた。……もう一緒に出かけるのは嫌になっただろうか。

返答を待っていると、彼は僕を横目で一瞥して息をつき、茶碗を置いて左手で僕の肩を静かに抱き寄せ、小さな声で「嬉しいです。……明日も、会いたいです」と囁いて微苦笑した。


翌日駅の改札口で成瀬さんを待っていたら、約束した十一時を十分過ぎた頃にやって来た。早足で急ぐ彼は僕と目が合うとさらに慌てて改札を通り、正面へ立って、

「すみません、遅刻してしまいましたっ」

と、第一声から謝罪を叫ぶ。僕は笑って頭を振った。

眼鏡のズレをなおしてマフラーをはずす成瀬さん。余程焦っていたのか暑そうだ。

「携帯電話で連絡したかったのですが、番号を、訊いていなかったですし……」

「いいんです。行きましょう、映画始まります」

来てくれただけで十分だし、どうせ僕は携帯電話を持っていない。成瀬さんの乱れた前髪に

指先をのばして梳いてあげ、ふたりで少し笑い合った。

そして僕達は並んで、映画館へ向かった。他人と映画を観るのは初めての経験だ。成瀬さんは「前から観たいと思っていた映画があって」と、ラブストーリーでもアクションでもファンタジーでもない、動物が出てくるドキュメンタリー映画を教えてくれ、僕の心を和ませた。

「成瀬さんは水族館とか動物園も、好きですか」

「はい、大好きですよ。家族と遊ぶ年齢を過ぎてからは、行く機会を失っていますけど……」

「どんな動物、好きですか」

「嫌いな動物はいないです。猫も犬も好きだからどちらが好きか訊かれると困りますし、ハムスターとウサギと、インコと文鳥は飼っていましたし、飼えない動物でいうと、ペンギンとかイルカとかクジラとか好きです。たまにDVDを借りてきて、観てます」

想像通りのこたえが返ってきて、心がほんわりした。

相談して席を決め、チケットを買って映画館へ入る。並んで腰掛けると、ジャケットを脱いだ成瀬さんは「お菓子と飲み物買ってきますね」とすぐに席を立ち、売店へ行ってしまった。

戻ってきた彼の手にはポップコーンとウーロン茶とホットティー。

「藍クン、どうぞ。寒いので温かい紅茶にしましたけど、大丈夫でしたか？」

「はい。嬉しいです。ありがとうございます」

ところがリラックスしきった僕とは反対に、成瀬さんは心持ちに違いがあるようで……、

「成瀬さん。その服、買ったばかりですか?」

「えっ」

僕は成瀬さんの胸元に貼ってあった、Mサイズ表記のシールをピッと剝がした。背筋を張って目を見開き、真っ赤になって唇を引き結ぶ成瀬さんを、僕は真っ直ぐ見つめた。

売店でクスクス笑われても気づかなかったのであろう彼の、のほほんとした姿が想像出来る。

「僕と会うの、楽しみでしたか」

「……はい。楽しみでした」

「新しい服を買うほどに、僕なんかと会いたかったですか」

「……会いたかったです」

僕は呆れた。こんな幸福な体験二度とない。そう感じ入って真っ白になった自分に呆れた。

恥ずかしそうに僕から目をそらす成瀬さんは、黒いタートルネックに柔らかそうな生地の青チェックシャツとジーパン姿。

「素敵ですよ。とても似合ってますよ」

胸の奥の熱が増した。彼は強張っていた表情を緩めて安堵したように息をこぼし、席にきちんと腰掛けて背もたれに身体をあずけた。微苦笑して前髪を掻き上げる。

「……大事な、思い出です。今日のこと」

それは僕のセリフだと思った。でもくちを閉じて頷き、言葉にはしなかった。

映画は、美しい映像から溢れる感動の連続で、思い描いていた以上に満足出来た。

世界を覆う木々の緑と、空の青。群れになって飛ぶ鳥達の白。並んで歩き続ける象の親子を照らす夕日の赤。深海の蒼《あお》。魚達の虹色のグラデーション。スクリーンに広がる景色、音、色すべてに、心が射抜かれた。

映画館から出る間もふたりで「動物達が醸し出す偶然という一瞬を、どうやったらこんな鮮やかに映像に残せるんでしょうね」と感動を伝え合った。世界は壮大だね、美しいね、と。

「藍クンは本をたくさん読むようですから、映画を観ると読書ももっと楽しくなるでしょうね」

「なぜですか？」

「目で得た知識は、そのまま想像力になるからですよ。見たことのないものは、想像するのも難しいでしょう？」

前を向くと午後の緩やかな白い日差しが揺らぎ、行き交う人々の足音と、成瀬さんの声。

目から世界を得るというのなら、僕はいったいどれほどの景色をこの人にもらっただろう。

成瀬さんに出会ってから初めて経験することばかりだった。この唇で、瞳で、指先で、肌で、僕にたくさんの心をくれた。今恋愛小説を読めば、きっと感情移入出来るに違いない。

「地球の裏側にいても、僕は藍クンを見つけられたかな……」

彼が去ってまたひとり空を見上げても、僕は世界が灰色だなんて一生思わない。

……その後、昼食を食べた僕達は、別れるまで近くの公園で時間を潰すことにした。

成瀬さんは寒くないかと僕の身体をしきりに心配したが、僕が「シャツ一枚でいるより、ずっと暖かいです」と返答したら、赤くなって「うっ」と詰まったので、笑ってしまった。

噴水がある広い公園のベンチに腰掛け、並んで温かい飲み物を飲む。

正面では子どもがパンくずを放って、ハトに囲まれていた。

「穏やかですね。……藍クンはお正月どうしていましたか。実家とか、帰っていましたか？」

「実家なんて帰りません。ひとりでいましたよ」

「え。なら、誰か一緒に過ごす人とかは……？　初詣へ行ったり」

「ひとりでした。僕は友達もいません」

成瀬さんは僕を見返して言葉を失った。手元の缶コーヒーに視線を下げると、唇を結んで沈黙する。……友達もおらず、親も大事にしない僕に呆れたのだろうか。

嘘をつけばよかった。ふいに後悔が湧き上がった。

実家へ帰ってお節料理を食べ、友達と毎日遊んだし年賀状もたくさん届いて返事が大変だった、僕はとても社交的だと。そうすれば彼はこんな顔をせずにすんだのに。

右横にいる成瀬さんの手は黙然と停止している。こういう時なんと声をかければいいのかわからない自分は、やはり成瀬さんを困らせるばかりの駄目な人間だ。

心が闇に堕ちかけたら、成瀬さんは僕に身体を寄せて肩を軽くぶつけ、こそりと言った。

「……藍クンに、会いたかったです。お正月、遠慮しないで来ればよかったな」

肩先に、成瀬さんの身体の重みを感じる。途端に目の奥にズシリと痛みが埋もれて胸が締めつけられ、僕は顔を上げた。成瀬さんは横で気恥ずかしそうに苦笑いしていた。

なんて人だろう。なんて人なんだろう、貴方は。

成瀬さんの肩に額を押しつけて、瞼をきつく閉じた。

「成瀬さん。貴方は最初、なぜあの店を利用しようと思ったんですか」

「ああ……疲れたからですよ。会社の人間にも友人にも身内にも、自分を偽って接することに疲れました。歳も歳なので恋愛や結婚の話は周囲に充満していますし、そのたび息苦しくて」

「白シャツを着た男が好きだなんて、言えませんでしたか」

「当然その一言でなにもかも失いますよ。……友人の中には話せば受け入れてくれる者もいたかもしれませんが、隠し通して穏便に生きるのが正しいんだと決めて、逃げるばかりでした。だからある時、こう……」

「我慢を溜め込んで、破裂した……？」

「僕としては窮屈な場所で膝を抱えているのに疲れたから、脚をのばしたくなっただけのことなんですけど……確かに、強烈な緊張感を抑え込んでまで、店に電話したのは事実です」

僕がくちを押さえて笑いを噛み殺したら、成瀬さんも苦笑して僕に寄り添い、続けた。

「藍クンといる時間だけはとてもラクです……自分が呼吸をしているんだと、理解出来る」

僕も成瀬さんの方へ首を傾げて擦り寄った。彼の香りが冬風にのってふわふわ流れてきた。

「あの。藍クンは、どうしてあの店で……」

　その時、成瀬さんのジャケットの胸ポケットからピリピリと携帯電話が鳴りだした。慌てて確認した彼が「あ、仕事先のようです。ちょっと失礼します」と立ち上がって僕に背を向け、電話に出た。事務的な声で二、三やりとりをすませたあと、あっさり切って再び腰を下ろす。

「すみません、話の途中で」

「いいえ。休みの日にまで電話がくるなんて大変ですね。大丈夫ですか？」

「平気です。新入社員が携帯番号を交換して以来頻繁にかけてくるんですよ。まったく……」

「携帯電話って、便利なようで不便な面も多いんですね」

　成瀬さんが会社員だと実感する場面はあまりなかったので新鮮さを感じていると、彼は僕の表情をうかがって唇を引き結んでから、

「あの……もし差し支えなければ、僕達も、携帯番号を交換しませんか」

　と、掌の中の携帯電話を僕に向けた。

「あ。すみません。僕は携帯電話、持っていないんです」

「……そう、なんですか」

「僕が教えられるのは自宅の番号だけですけど、緊急を要する時には役立ちませんし。……他に電話する機会、ありますか？　どんなことを話します？」

　僕が申し訳ない気持ちで告げると、成瀬さんは携帯電話をポケットにねじ込んで左手を振り

「いえ。すみません。そうですよね」と、明るい笑顔を繕った。

「今まで問題なく会えたわけですし、必要ないです。変なこと言ってすみません。今の関係に僕はとても満足しています。今日はちょっと欲を出しすぎました。反省します」

成瀬さんの自制という壁が目の前を覆ったのがわかった。彼が耐えて足を止めている前で、僕から歩み寄るのが許されるとは思えず、僕も立ち尽くす。

ただ、

「……手、繋ぎますか」

そんな言葉が唇からほろりとこぼれ落ちた。成瀬さんは黙って、僕の手を強く握り締めた。

「……明日も、会いますか」

重ねた僕の無謀に、彼が少し間を置いて、小さく返答した。

「すみません。明日は、遅くまで仕事があるので……」

——距離はいつだって、身体ではなく心が生む。


月曜日、携帯電話のある生活について一日中考えた。

火曜日、成瀬さんが唐突に電話をくれたら、とふと想像して痛みを味わった。

水曜日、やはり携帯電話は買えないと思った。

木曜日、成瀬さんの哀しげな笑顔を想い出した。

金曜日、次に会えたら、自分に出来うる限りの想いで成瀬さんに温もりを返そうと決めた。

土曜日の夜、バイトを終えて古本屋から出ると、成瀬さんは珍しく店の外で待っていた。

「こんばんは、藍クン」

「どうしたんですか？　今日は、なぜここに？」

「せっかくだから藍クンと夕飯の買い物をして帰ろうかなと、考えまして」

「買い物、ですか。構いませんけど……合鍵をつかってください。寒いでしょうに」

「藍クンとふたりで、献立を決めたかったんです。想像するだけで心が温まりましたよ」

僕は唇を曲げた。……まだなにも返せていないのに、つまらないことで喜ばないでほしい。

成瀬さんの腕を軽くぶって身を翻し、僕は「行きましょう、こっちです」と歩きだした。

スーパーへ着くと、買い物カゴを持って食材を眺めながら夕飯の相談をした。

「この間はお肉だったので、今日は魚にしましょうか。藍クンはどんなお魚が好きですか？」

「鮭以外、あまり知りません。名前、よく知らないです」

「アジとかサンマは？」

「あ、はい。知ってます」

「うん。鮭以外は、パッと名前が出てこない程度にしか食べないってことですね。僕は白身魚が好きなんですけど、エボ鯛《だい》はすごく美味しいですよ。サバのみそ煮は、ご飯に合いますし」

僕は、楽しげに食材を眺めて選んでくれる成瀬さんに全部まかせることにして、スーツの袖を掴み、二度頷いた。魚を決めた成瀬さんも、笑顔でカゴに入れる。……と、横から笑い声が聞こえてきて、振り向いたら若い男女のカップルが僕達をにやにや盗み見ながら擦り抜けていった。僕は無視したが、成瀬さんは急に居心地悪そうな、いたたまれない表情になった。

「……僕と藍クンは、どんなふうに見えているんでしょうね」

「え」

「兄弟、かな。でもお互い敬語で話しているから、兄弟は変ですよね。友達とも違いますし」

僕は、自分がどんなに彼の心を理解出来ない無神経な人間か思い知る。

今こそ成瀬さんを幸福にすべき時だと意気込んで懸命に言葉を探したが、悩んで沈黙すればするほどぎこちない空気が流れた。そしてこんな時に、

「ごめんなさい。また変なこと言いましたね。気にしないで、忘れてください」

先に声をかけて無理に笑ってくれるのは、やはり成瀬さんだった。

……買い物を終えてスーパーを出ると、夜道を並んで歩きながら、僕は自分と成瀬さんの靴を睨み続けた。歩いているようで僕は一歩も進んでいないのだと、そう思う。

暗い雰囲気を漂わせたまま家まで帰り着き、ポストを開けてみたら、沈んだ気分にさらに追い打ちをかける一通の手紙が届いていた。

真っ白い厚みのある封筒。裏には従姉……姉の名が。

「あれ。藍クン、その封筒もしかして結婚式の招待状ですか？」

「みたいです」

階段を上がって家へ入ると、僕は招待状をポストカードラックに突っ込んだ。封も開けずにしまった僕を、成瀬さんが不思議そうに眺めていたが、僕は気づかないフリをした。

しかし成瀬さんの手料理を食べ終え、ようやく互いに笑顔が戻ってきた頃、電話が鳴った。

プルルルルと音が響いて、成瀬さんが背後の電話を振り向く。

嫌な予感を察知した僕が、肌の表面に走り抜けた緊張感に縛られてかたまっていると、留守番電話に切りかわってしまい、

『……藍、お母さんだけど。帰ってないの……？　藍？　あ、』

僕は咄嗟に立ち上がって受話器を上げた。

『あら、いたんじゃないの』

「……はい」

『ユミちゃんの結婚式の招待状、届いたでしょう？　ちゃんと出席の返事しなさいね』

養母は当然のことのように指示する。僕は電話を睨みつけて受話器を握り締めた。

「行きたくないです。従姉なら、べつに欠席してもいいでしょう」

『許しません！　せっかくの式じゃない。他人じゃないんだから、祝ってあげなさい！』

〝他人じゃない〟その通りだ。彼女は姉だ。僕と血の繋がった姉だ。

実の親の元で愛されてなに不自由なく幸福に育ち、好きな相手と普通に結ばれて皆に祝福されて結婚する。……幸せじゃないなどと嘆いたら、許せない。

「行きたくないです。僕が行っても、どうせ向こうの家族も喜ばないです」

『藍！　貴方はなんで、そんなひねくれたことばかり言うの！　……一体なにが不満なのよ。私達は精一杯大事に育ててきたでしょう？』

「捨てた息子が娘の結婚式に出席して、親が困らないと思いますか。招待状はどうせカタチだけのものです。行かないのが礼儀です」

『ばかおっしゃい！　大学も行かないでフラフラしてるんだからどうせ暇でしょ。ユミちゃんにうちの家族は全員出席だって連絡します。ちゃんとスーツ用意するのよ、わかったわね！』

僕の返事を待たず、怒鳴り声を最後に電話が切れた。養母は昔から、僕に意見の余地を与えない。怒鳴るだけなら電話などしてこなければいいのに。

腹の中で苛立ちと憎しみと悔しさが畝って渦巻いた。

信号音になった受話器を握る手が小刻みに震えだした。

……皆が僕の心を無視する。一方的な愛情を投げつけて、幸福な子だと決めつける。僕はいつまでこの押しつけがましい愛情に縛られなければいけないんだろう。

僕は一度だって幸せじゃなかった。一度だって愛情を感じたことはなかった。

透明に扱うならいっそ捨ててくれればいいじゃないか。

そうだ。

僕だって両親に捨てられなければ、幸せになれたかもしれない。

こんなに汚れず塞いだ性格に育たず、姉のように恋人と結ばれて永遠に幸福に——。

「藍クン」

世界がどす黒い暗雲に覆われる寸前、成瀬さんの手が僕の肩に触れて、僕は我に返った。

「す、みません。……なんでも、ありません」

受話器を置いたら、腕が力みすぎていたのかガチャンと騒がしい音を立てた。静寂に亀裂が入って僕の肩が跳ねた瞬間、成瀬さんは僕を引き寄せた。

言葉を失って硬直する僕の腕を、成瀬さんが幾度も幾度も撫でて宥めてくれる。たった五つの指で僕の傷ぐちをなぞって治癒してゆく彼の存在が、僕は急に怖くなった。……温かい。

優しくされると、寂しい。

「藍クンは、お母さんに敬語をつかうんですね」

「……僕は、ひねくれた、人間なんです。すみません、成瀬さんに迷惑ばかり……かけて」

切れ切れに謝罪すると、成瀬さんはくち元で苦笑を洩らして、僕のこめかみに頬を寄せた。

「僕も両親との間には問題を抱えているんです。若い頃、ばか正直にゲイだとカミングアウトしたら、勘当されてしまって。……でも藍クンは駄目な人間なんかじゃないですよ。僕は一緒にいられるだけで、こんなに幸せなんですから」

脚が崩れそうになって、僕は成瀬さんの腕に手をかけた。……彼は僕に、同性愛者である自分を受け入れてくれた特別な人だと繰り返すが、僕が彼に許されている箇所はひとつやふたつじゃないと思った。

同性愛は自分でコントロール出来ない性癖だ。むしろ人を愛したいと願う、純粋な感情でしかない。しかし僕は。僕の汚れた身体や、無愛想な性格や不器用さは、他人を深く傷つけるだけで、愛などとは到底結びつかない欠点だ。

「成瀬さんは、素敵な人です。……僕は駄目です」

成瀬さんは大きな掌で僕の背中を抱き寄せ、互いの身体の隙間を埋めた。

「いいえ。……藍クンが泣いていたあの日ね。僕は理由がわからなくて、歯痒いばかりでなにも出来ませんでした。藍クンと温かい気持ちを共有したいと言いながら、僕は自分の悩みを聞いてもらって一方的に満たされるだけの、傲慢な人間だったんです」

「そんな、」

「だから藍クンがバイトを辞めたと知った時は、ショックだった反面、安堵しました。辛いことから解放されて幸せにしているかな、もう泣いていないかな、と。毎日キミを想いました」

噛み締めても、唇が震えた。溢れる想いと胸の奥で畝る熱情を、声に出して言葉で表現するなど到底不可能で、押し潰される心に呻くばかりだった。……考えもしなかった。黙って去った身勝手な僕を、彼が恨みも責めもせず、幸福であればいいと願ってくれていたなんて。

「十分です。僕は十分救われたんですっ」

僕はべつになにが欲しかったわけでもない。期待もしていなかった。

古本屋のバイトと夜のバイトは自分の中でまるきり同じものだった。けど佐藤店長がその静謐を掻き乱した途端、その価値観は崩れた。そして、粉々に壊れた僕の心の欠片を、温かい両手で掬《すく》い集めて助けてくれたのが成瀬さんだった。

「成瀬さんは傲慢なんかじゃありませんっ。満たされてばかりだったのは僕だから、成瀬さんとこうして、当たり前のように会えなくなる前に、きちんとお礼をしたいですっ」

「……会えなくなる前に、ですか。……藍クンは今も、僕達の関係は刹那的なものだと、考えているんですか」

成瀬さんの呟きに、僕は俯くように頷いた。……こんな自分が成瀬さんにつり合わないのは自覚している。成瀬さんはもっと綺麗で常識的で、彼に似た優しい人と生きるべきだ。僕といても醜い記憶を背負わせて困らせるだけ。彼の温かい心を汚して傷つけるだけ。

たった今、沈黙させているように。

「ごめんなさい、成瀬さん。……そろそろ十時を過ぎますね。帰りますか」

僕が促すと、成瀬さんは「……はい」と重く頷いて手を下ろした。

スーツの上着をハンガーから取って着る成瀬さんに近づき、僕も彼の鞄を持つ。支度が整うと、ふたりで玄関へ向かった。

「……じゃあ、また来ます。おやすみなさい、藍クン」

「はい、おやすみなさい。気をつけて帰ってください」

靴をはいた成瀬さんに鞄を渡したら、受け取った彼は僕を見て目を伏せ、右を向いて玄関のドアに向かい合った。ノブに手をかけて半分まわし……そのまま下唇を噛む。

苦しげな成瀬さんの横顔を見つめていると、呼吸する音すら立ててはいけない気がした。

沈黙が続いて、外から響く車のゴウゥンという騒音も通り過ぎ、そっと消えていった。

……やがて成瀬さんの視線が僕の右指にうつって上へ辿り、再び目が合った。

スルとノブの位置が元に戻った次には、彼の左手がふわりと僕の頰を覆っていた。

成瀬さんの表情が苦しげに歪み、親指が僕の目元をやんわりなぞる。愛おしさが僕の奥底で揺れ動くと、彼は身を寄せ、僕の息の根を止めるように、緩やかにきつく抱き竦めた。

「藍クンと……離れ難くなりました」

彼の哀しみが、両腕から僕の中に沁み込んできた。

成瀬さん、と呼ぼうとしたら、彼は空気をよけて慎重に顔を近づけ、僕の唇に自分の唇を触れ合わせた。胸の奥の、大きくて熱い塊が弾けて散ったのがわかった。

……三度目のキスは酷く痛かった。重なる唇の底で、僕は心臓がはち切れるほど彼の名を叫んだ。唇の震えから成瀬さんの想いが見える。身体中が激痛に軋んで、頭が痺れる。

徐々にゆっくり離れると、彼は僕と額を合わせて大きく息をついた。僕が左手を躊躇いがち

に持ち上げて、彼の耳横の髪に通したら、彼はもう一度唇をさらって下唇をはんでくれた。涙が出そうになり、成瀬さんの唇を少し噛んだ。彼は鞄を持ったまま僕の腰を引き寄せた。

「……やっぱり、帰りたくないです。あと少し、藍クンと一緒にいたいです」

唇を噛み締めて涙を押し止める。彼のコートを摑む拳の、爪が痛い。

「泊まり、ますか。成瀬さんさえ……よければ」

彼へのお礼という想いが、次第に自分への言い訳になってゆく。

成瀬さんは返事のかわりに僕の頬と唇を甘く吸った。僕に触れた誰の手とも違う、成瀬さんの指からは独りよがりな快楽ではなく、互いの心で繋がり合うことを望んでくれている深い想いが伝わってきて、僕の心を貫いた。理性が砕けて成瀬さんにしがみつき、背をのばして彼の味を必死に掬った。突き放さないといけない。離れたくない。僕の強欲で身勝手な我が儘と罪悪は、体内を駆けめぐって暴れ続けた。

……不器用な唇で会話が出来るようになってきた頃、成瀬さんは目の前で笑顔を浮かべて僕の頬をつねり、僕はぎこちなく笑い返して、擦り寄って彼の香りに隠れた。

「どうぞ、先にお風呂へ入ってください。……着替えとか、ないですね。急いで、買いに行きますか」

「あ、いえ。平気です。着替えは、あるんです」

「え。どうして……」

　すると突然、彼は僕の度肝を抜くような返答をした。

「実は今こちらに住んでいないんです。転勤して、大阪《おおさか》にいるんですよ。だから着替えも歯ブラシも、揃えてあるんです」

　大阪……？

　成瀬さんは目の前で苦笑いしている。

　僕はあまりの衝撃に、彼の言葉の意味をすぐには理解しきれなかった。

「転勤……大阪って……確か、飛行機で一時間ぐらいですよね」

「はい。僕は飛行機が苦手なので、もっぱら新幹線ですが」

「新幹線だと、二時間以上？」

「そうですね。二時間半ぐらい、かかりますね」

「毎週末、来てくれていたんですか？　それで僕と一日会ってどこかに泊まっていた……？　お金、かかったでしょうに。一体今までどれだけ……いつから、大阪で住んでいるんです？　……なんで、黙っていたんですか。……なんで来てくれたんですか……？」

　僕の質問にこたえず、成瀬さんは微苦笑して小首を傾げた。僕は愕然となって脱力した。

　すべて内緒にして毎週遠くから会いに来てくれ、同じ街にいられるのは僅かな時間だというのに夜は生真面目に僕の家を出て、ひとりでホテルへ泊まっていたのかと、思ったら。

「藍クンに会いたかったんです」

彼の深い想いに胸が千切れて粉々になった。

彼が本当は遠くにいるんだと知ったら、その距離がどうしようもなく怖くなった。

「……藍クンに気をつかわせたり、迷惑をかけたりするなら来る回数を減らしますけど、そうじゃなければ今まで通り会いたいです」

耐えきれなかった涙が目の縁にうっすら滲んだ。

左手で喉の痛みを押し潰して、声が掠れないように言う。

「明日、東京駅まで見送りに行きます」

成瀬さんは僕の右手に触れて俯いた。

「嬉しいですけど……見送られると、寂しくなりますね」

指輪が光った。僕は痛みを直視出来ずきつく目を瞑り、懸命に彼以外の音に耳を澄ました。

翌日、新幹線の時間に合わせてバスと電車を乗り継ぎ、ふたりで東京駅まで行った。

僕は見送り客用の入場券を見つけて購入し、新幹線のホームまで一緒に移動した。

「下の入口のところで十分でしたのに……本当にすみません」

「いいえ。ちゃんとお見送りします」

しゃべり声が人混みに掻き消されそうになる。大きな荷物を持った乗客や、付き添いの見送り客がざわざわ行き交う構内を、必死に成瀬さんについて歩いてホームに向かった。

着いてみると今度は食べ物を購入する人達で売店が混雑し、乗車口前には乗客の列があってその横を走りまわる子ども。注意する駅員さん。

普段、人が大勢いる場所をさけて生活している僕には目のまわる光景だ。

「藍クン、大丈夫ですか？　僕の車両はもう少し先なんです。歩けます？」

僕がおろおろしていると成瀬さんは僕と手を繋ぎ、引き寄せた。列に並んで落ち着いた時には、ホームにけたたましいメロディが流れて、成瀬さんの乗る新幹線が滑り込んできた。

「皆が降りて清掃がすんだら、乗ります」

成瀬さんが僕の手を少し強く握り締めて微笑む。

新幹線から荷物を抱えて降りてくる親子。

周囲など見向きもせず、大股で階段へ向かうサラリーマン。

出口を探して立ち止まってしまう老夫婦。

いつの間にか僕達のうしろに出来上がっている長い列に気づいた。ふいに成瀬さんが僕を軽く抱き寄せて「危ないですよ」とサラリーマンにぶつかりそうになるのを庇ってくれた。

僕の肩を覆う温かい手を見て唐突に想う。……ああ。この人は本当に遠くの人なんだなと。

清掃が終わって乗車を促すアナウンスが流れ、成瀬さんは僕から手を離すと新幹線に乗ってしまった。僕が列の横に退いて見ていたら、切符を確かめながら席を探し、荷物を置いて戻ってきた。ドアの横に立って、眼鏡のズレをなおす。

「出発までここにいます」

……僕の斜めうしろには抱き合っている一組の男女がいた。別れを惜しむように見つめ合っていくつかの会話を小さく交わしている。

こういう瞬間は言葉も減るものなのだろうか。

僕達もせっかく向かい合っているというのになにを話せばいいのかわからず、黙るばかりだった。胸に痛みが落ちて成瀬さんの言った通り別れは寂しいなと考えた時、彼も唇を開いた。

「……やっぱり、寂しいな」

顔を上げたら成瀬さんが眼鏡の奥の目を擦って照れ笑いしている。

「大丈夫です。成瀬さんが会いたいと想ってくれる間は、会えます」

と咄嗟に伝えたけど、彼は苦笑いしただけだった。

数分後、僕のうしろから男の人が来て成瀬さんが道を開け、新幹線に乗り込んでいった。

背後にいたカップルの片割れだと気づき振り向くと、女の子がひとり佇《たたず》み、彼が席を探す姿を見守っていた。

成瀬さんも腕時計を確認して「もうすぐですね」と言う。

「一泊お世話になりました。藍クンと一緒にいられて嬉しかったです」

「……はい。次も泊まってください。ひとりでどこかへ泊まらなくても、いいから」

最後の挨拶を交わすと、寂しさはよりいっそう増した。

幾度も繰り返してきたなにげないさよならが、なぜ今日に限って鮮明に感じるのだろう。物理的な距離が心の遠さをリアルに感じさせるからだろうか。

すると、

「藍クン。……もしイヤじゃなければ、最後にもう一度、キスをしませんか」

成瀬さんが遠慮がちに優しく微笑んだ。

発車のアナウンスが流れる。

僕は手をのばして成瀬さんの腕に触れ、彼の唇に自分の唇を寄せた。

成瀬さんの唇がかさついていた。可哀想に想って唇で覆い、舌で舐めて吸った。

「気をつけて、帰ってくださいね……藍クン」

こたえるための声が出ず、僕は二度頷いて手を離したのだった。

映画を観た日、あの人は僕が誘ったりしたから急いで服を買いに行って会ってくれたんだ。

……そのことに気づいたのは、ひとりで電車に揺られて窓の外の景色を眺めていた、帰り道だった。

目の前には、母親と手を繋いで小さな足で立っている三歳ぐらいの子どもがいる。もこもこしたジャンパーを着せられて、頭には柔らかそうなニット帽。まだ昼間で、緩い白い日差しはその子どものふっくり膨れた頬を撫でている。転ばないように突っ張っている両脚が可愛いのにたくましくて、僕はなぜか自分を責めたくなった。

成瀬さんは僕と映画へ行く朝、どんな気持ちで電車に乗っていたんだろう。

洋服屋はだいたい十時頃開店する。焦って着替えて電車に飛び乗ったのかな。

『僕と会うの、楽しみでしたか』

『……はい。楽しみでした』

『新しい服を買うほどに、僕なんかと会いたかったですか』

『……会いたかったです』

赤くなって眉を下げ、情けなく笑う彼の顔が脳裏を過《よぎ》った。

ひとりはこんなに虚しいものだったろうか。喪失感が僕の胸を叩き続けた。

無気力に家へ帰り着くと、留守番電話のランプが点滅していた。再生ボタンを押してマフラーをはずしながら聞いたら、

『野宮だよ〜。いよいよ再来週帰るからまた会おうぜ〜。次は酒はなし！　約束します！　だから会ってね！　お願いね！』

大声で、笑いながら話す野宮さんの声。明るい野宮さんの様子と、真っ暗な自分の心が混ざり合い、自分の心情がわからなくなった。

覚悟の糸は結んだが、自制して割り切った関係を保てない自分の弱さを、僕は悔やみ続けた。

今日は風が強く、寒い一日になるでしょう、と朝の天気予報で観た土曜日の夜、仕事を終えて外へ出たが成瀬さんはおらず、夜の商店街を彩る街灯をぼうっと眺めて立ち尽くした。

周囲を見まわしてみても成瀬さんらしき人影はない。

擦れ違う人達が早足で僕の横を急ぎ、風がヒゥと吹いて僕のコートの隙間へ入ったら、身体の奥にぽかりと穴があいた。

また玄関の前で待っているのかもしれないと考え、家へ向かうが、冷気が僕の頬を刺すと、成瀬さんとは会えないような気がしてきた。原因はいくつでも思いつく。仕事が忙しいとか、新幹線のチケットが買えなかったとか。僕を嫌いになったとか。

家へ着く頃には、仕方ないという言葉しか浮かばなくなった。部屋の玄関の前にも成瀬さんの姿はない。俯いてドアの前まで行き、開けて入ったら、

「藍クン、おかえりなさい」

思いがけず、成瀬さんの声が出迎えてくれた。僕は驚いてすべての動きを停止した。

「すみません。今日は寒すぎて外にいるのが辛かったので、先に買い物をして夕飯の支度をしてました。お鍋にしたんですよ。ちょうど出来上がりましたから、一緒に食べましょう」

繰り返される単調な時間が、鮮やかな虹色に変化する一瞬。雑音が消えて世界が極彩色に瞬いて、彼だけが光になる。

僕は無意識に右手をのばして、成瀬さんの左腕の袖を掴んでいた。どうしてか今すぐ、彼の体温を感じたかった。

瞬きを忘れて瞳で会話を交わした。成瀬さんは表情を和らげてふわりと微笑むと、僕の背中を引き寄せて抱き締めてくれた。

「寒かったでしょう？ ……部屋も暖めておきましたよ」

成瀬さんの香りに交じって、お鍋の美味しそうな匂いが僕を覆った。彼の腕の感触と僕の冷えた耳に触れる頬と、聞こえてくる息づかいが、僕を溶かした。

温もりの中で言葉は無力で、幸福の中で世界は不要だ。

触れたら駄目だ。縋ったら終わりだ。そう思うのに、成瀬さんがここにいる現実があまりに綺麗で、怖くて、遠くて、恋しくて。……僕は。

「初めて合鍵をつかわせていただきました。緊張しました。ちょうど隣室の方が来て挨拶したのですが、不思議そうな顔をしてましたよ。不審者だと思われたでしょうか……」

涙が溢れそうになった。だから笑った。

「……白シャツ靴下姿が好きな不審者は出入り自由だと、貼り紙しておきましょうか」

成瀬さんは僕を両腕で束縛した。冗談すら嬉しいと感じてくれる、彼の想いがわかった。

明確な言葉などなにもない。好意は常に、空気の中にあった。

照れた笑顔を視線で突いて、ふいとそらした横顔に笑う。

ささやかな意地悪に拗ねたら、ごめんと言うかわりに肩先をぶつける。

……彼がつくってくれる心地良さに逃げて理性を容易く捨てる自分を、僕はどこまでも狡猾な人間だと思った。

ふたりでお鍋を食べて少し休んだあとは、交代でお風呂をすませてベッドへ移動し、「肩が凝っているんです」と項垂れる成瀬さんの身体をマッサージした。

「気持ちいいですか……?」

「なんというか、もう……幸せです」

満たされた柔らかな声で成瀬さんがこたえる。ひとりでしか眠ったことのないベッドに、今は成瀬さんがいる。

「藍クン」

呼ばれて振り向くと、成瀬さんが上半身を起こして素早く僕の腕を引き、抱き締めてベッドの上へ横たえた。びっくりして目を丸めたら、僕の上へ来た彼はおかしそうに吹き出して、顔を横にそむけた。

「藍クンの驚いた顔、可愛いったらない……」

初めて、浮かれてはしゃぐ姿を見た。

成瀬さんの髪がはらはら落ちてくる。風呂上がりで乾いたばかりの細い前髪が、睫毛を撫でて流れた。……躊躇いながら左手の指をのばして、僕はその前髪を梳いた。

成瀬さんの瞳の中の白い光が揺れた。絡み合う脚から、彼の体温が伝わってきた。

暗闇に静けさが吸い込まれたら、彼の唇が僕の唇を摑まえて呼吸を食べた。幸福に潰されて喉が詰まる。吐息を洩らして、僕は成瀬さんのパジャマを握り締めた。

「……藍クンの唇は綿菓子より柔らかいですね。僕、自分の唇もこんなに柔らかいのかなと考えて何度か嚙んでみたんですけど、わからなかったです」

僕が首を傾げて自分の唇をがぶと嚙んだら、成瀬さんは「あぁっ、やめてください、痛い痛い」と慌てた。

「確認したんです」

「いいえ。たぶん自分じゃわからないんですよ。キスをした相手にしかわからない」

苦笑して囁きながら、彼は今一度唇を寄せて音つきの小さなキスをし、嬉しそうに笑った。

彼の赤い頰に触れて軽くつまんだら、彼も右手で僕の耳たぶを撫で、くちづけを繰り返した。

「……成瀬さんの唇も、柔らかいです」

「その感触、内緒にしていてくださいね。……藍クンにしか教えたくありませんから」

成瀬さんの言葉の奥に隠れた告白に気づくと、途端に胸が締めつけられた。

僕は両手を持ち上げて成瀬さんの目を隠した。涙がこぼれそうで、そんな顔は見られたくなかった。

「成瀬さんのこと、見えます。……どれだけ時間が経過しても、今のまま優しい貴方が僕には見えます。お祖母さんにもらった巾着袋を大切にして、本を読めば主人公に感情移入して一緒に哀しみ、雪を見ればゴミ袋の上に積もる雪も綺麗だと言う。何十年経っても、相性の合わない人間に出会えば嫌いだと思った自分を責めるような、貴方が見えます」

平凡で温かく、繊細で臆病で、常識と礼儀に厳しい成瀬さん。

この人に会わなければ僕には心などなかった。傍にいさせてもらえて本当によかった。

成瀬さんは僕の手をよけて、心配そうに顔を覗き込んできた。

「……藍クンが見ている数年後の僕の横に、藍クンはいますか」

窓から入る街灯の光が成瀬さんの頬を鈍く照らしていた。

僕がくちを噤むと、彼は突然声をひそめて真剣な表情になった。

「僕は藍クンに出会うまでつまらない人間でした。朝になれば目覚ましで起きて支度して家を出、電車に乗り会社へ出勤する。昨日と同じ一日、先週と変わりばえしない一週間、一ヶ月、一年。人と接しても嘘偽りばかりでどれが真実かもわからない。そんな虚しい毎日を繰り返して終える人生だと思っていました。……変えてくれたのは藍クンです。藍クンと、これからも一緒にいたいです」

胸の奥に激しい恐怖心が走った。僕は成瀬さんが言わんとしていることを直感して頭を振ったが、成瀬さんは僕の手を摑まえて指に指を絡め、構わず続けた。

「キスをしてしまってから、一週間ずっと伝えようと思い続けていたんです。……僕は藍クンが好きです。心から愛おしく想っています。僕の、恋人になってください」

呼吸を止める、一瞬の隙もなかった。心臓に強烈な痛みが突き刺さって抉り、至福感に殺されるんじゃないかと思った。手を離して胸を押さえ、奥歯を力一杯噛んだ。

溢れ出しそうになった涙を懸命に押さえ込んで、掌に爪を立てる。

成瀬さん。……成瀬さん。

「藍クン。離れていても電話でおしゃべりしたり、敬語じゃなく柔らかい言葉で接し合ったりして、もっと藍クンの心の傍へ近づきたいです。気兼ねなく好きだと言いたいです。罪悪感なく抱き締めたいです。手を繋いで色んなところへ行きたいです」

成瀬さんは僕が離した手をもう一度覆ってかたく握り締め、訴えた。

「僕達は他人だと不安にならず、お互い想い合っていることを感じて、信じたいです。藍クンにとってそれは窮屈ですか」

「僕は、」

……飛んで、いけ。

「僕は……自分が恋愛するのを、想像出来ません。他人に想われる自分など、理解出来ない。恋人なんて言葉で縛ってもらう……意味が、わかりません」

「意味……？　僕と恋人になるのは、苦痛ですか」

痛いの、痛いの。飛んで、いけ。……痛いの、痛いの。飛んでいけ。

「じゃあ……やっぱり今まで僕を構ってくれていたのは単なる仕事の延長で、僕は藍クンに無理をさせていたんですね」

「……苦痛です」

やっぱりという一言が、彼の抱えていた蟠《わだかま》りすべてを僕の胸に叩きつけた。

僕が幸福を返したいと想ったのは全部自分の欲を満たすための言い訳でしかなく、彼は常に不安や不信感を抱えていたんだと思い知る。

寒空の下で僕を待つ夜、チキンを買って会いに来てくれた日、映画を観るため洋服を買いに走ってくれた朝……彼はいつも、どれほど怯えていたのだろう。

「……僕は藍クンを幸せにしてあげられないんですね」

声を聴くだけで、心臓が砕けそうになった。

「……貴方を幸せにするのは、僕じゃないと思います」

心が離れる、音が聞こえる。

目を閉じれば僕には見えた。成瀬さんが僕の知らない他人と笑顔で食卓を囲む姿が。

その食事はもちろん彼の手作りで、彼は美味しいと褒められて照れて笑うのだ。たとえばポークステーキを作った夜に〝これは前にも人に作ったことがあるよ〟と話してくれたなら、
僕はひとりで雪を眺めていても幸福に想うだろう。……それでいい。それだけでいい。

どんなに心が千切れるほど彼を想っても、僕の過去に金で複数の客に身体を弄ばれた事実が

ある限り、彼は必ずそれを背負って苦悩する。僕を気づかうばかりで永遠に満たされない。本当の幸福はあげられない。僕のような人間が彼の人生に跡を残すのは、あまりにも不条理だ。

「わかりました。……ごめんなさい藍クン。僕は結局、キミを傷つけた客と同じことをしてしまいましたね。自制が足りませんでした。反省します」

成瀬さんの手が離れた。彼は目の縁に涙を浮かべて微笑むと、そっと僕の胸に顔を伏せた。

……彼の髪の香りが鼻先を撫でる。重なる心臓から鼓動が伝わってくる。激情が僕の身体中で声を上げて泣いている。

僕から身体を離した成瀬さんは、押し殺すような声で「おやすみなさい」と囁くと、背を向けて眠りに落ちた。

暗闇の中で街灯の微かな光にぼんやり浮かぶ、彼の広い背中の、パジャマのシワの影。

さっき触れた僕の指先の温度は、まだ残っているだろうか。……遠すぎて、視界が霞む。

肩先だけで泣き、僕に一粒の声も聞かせまいとして耐えている、彼の果てしない優しさを、僕は朝がくるまで見つめ続けた。


翌朝、成瀬さんは、もう駅まで見送りに来なくてもいいよ、と拒んだ。けど僕は聞き入れず一緒に家を出た。バスを降りて電車に乗りかえても僕達は無言だった。並んで歩いて手が触れそうになると、それとなく離れて距離をつくり、駅まで向かった。初めて会って一時間過ごした夜よりもずっと、僕達は他人同士だった。

最後に指先に触れたいと想えば想うほど、成瀬さんの手が遠くなる。

目を見たいと望めば望むほど、彼が俯いて逃げてゆく。

せめて一言想いを告げておこうかと迷えば迷うほど、自分自身が醜く見えた。

先週と同じように入場券を買って、ふたりでホームへ移動した。「まだ少し時間があるから椅子に腰掛けて待ちましょう」と成瀬さんが促し、僕も頷いて椅子へ腰掛ける。

右横に座った成瀬さんは鞄を膝の上に置いて両手をのせ、指を軽く組んだ。僕はその指先を見つめて、温かそうだなと想った。

もっと大事に触れておけばよかった。

もっと強く握り締めればよかった。

もう一度、きつく繋いでおけばよかった。

周囲の人の足音は今日も騒がしいぐらい響いているはずなのに、なぜだか上手く聞こえない。

ひとりの人をここまで深く想ったことはなかったなと痛感する。第一印象から変な人だとばかり感じていたのに、僕はもう、明日から自分がどう歩いてゆけばいいのかさえわからない。

涙を耐えるのがここまで苦しいことだなんて知らなかった。

自分が誰かを想って泣く人間だなんて、知らなかった。

「藍クン」

やがて新幹線が到着して、目の前に滑り込んできた。僕は成瀬さんを見上げて頷いた。

成瀬さんは新幹線を真っ直ぐ見つめたまま、微笑を浮かべた。

「……転勤が決まった時、藍クンとは本当に二度と会えなくなってしまうと思ったので、無茶をして何度も店へ出向きました。なんとか再会出来てしつこくした僕は鬱陶しかったろうに、〝好きな時に会いに来ていい〟と言ってくれて、心から嬉しかったです。それからの日々も、かけがえのない大切な、幸福な想い出です。ありがとう、藍クン」

優しい横顔が僕の目の奥を刺激した。振り向いて僕を見つめた彼は瞳を揺らし、

「もっと頼りになる男なら、好いてくれましたか」

と最後にも、僕ではなく自分を責める。僕は俯いて頭を振った。

「……成瀬さんは、十分素敵な人です」

しかしそんな言葉も彼には気休めにしか聞こえなかったようで、やるせない苦笑が洩れた。

車内の清掃がすんでも、成瀬さんは立ち上がらなかった。

客がほとんど乗り込んでホームににわかな静けさが広がっても、黙って座っていた。

とうとうアナウンスが急かし始めたら、手袋をして腰を上げ「行きましょうか」と呟いた。

フワッと風が吹いて、僕達の身体を冷やす。

乗車口の前に立つと、成瀬さんは横に並んだ僕の右手をそっと取り、指を絡ませて繋いだ。

……僕は絶句した。掌に冷たく硬い感触が染み込んだ。――僕の部屋の、合鍵だ。

発車を知らせるメロディが鳴り響き、成瀬さんは指に力を込めて痛いぐらい強く僕の手を握り締めた。僕が歯を食いしばって目を瞑ったら、ふつりと糸が切れたように緩め、離した。

足を前に踏み出して新幹線の中へ入る。

「来週、また来ますかっ」

咄嗟に呼び止めた僕を、彼は目を丸くして振り返り、頭を振って苦笑した。

「……もう、来ませんか」

繰り返し訊ねると、ドアの横に立って僕に向かい合い、微苦笑を浮かべたまま首を傾げる。

合鍵は僕の手の中にあるというのに。それが彼の返答だというのに、僕はなにを訊いているんだろう……？

掌に残った温もりと冷たい鍵が、僕の胸を握り潰した。

たった一歩の距離が遠すぎて、もうこれが彼を見る最後だというのに唇すら動かない。

見つめていると、彼は瞳だけで頷いてさよならを告げた。ただ無力な言葉だけが次々とこぼれ落ちた。

……成瀬さん、ありがとう。僕を見つけてくれて、ありがとう。

貴方と知り合って、僕の灰色だった毎日が輝きました。

心を上手く言葉に出来ない僕を、素っ気ないと責めずに付き合い続けて、傍にいてくれた。

何度も追いかけてくれて、温もりで包んでくれた。

貴方と見た雪、綺麗だった。映画、素敵だった。

貴方と見たもの全部、くれた言葉すべて、太陽みたいに温かかった。

次にどんな絶望を知っても、貴方が涙は我慢しなくていいと言って抱き締めてくれた夜があるから僕は平気です。

ありがとう。ごめんなさい。……貴方の幸せ、祈ってます。

扉が閉まり始め、成瀬さんは微笑んで瞳を滲ませると、

「愛してる、藍」

と、囁いた。

「好きな人に一度言ってみたかったんです。……ごめんね。さようなら、藍クン」

息を呑んだ瞬間、扉が閉まった。

さようならの言葉に、返事はしなかった。

涙が溢れて、右の頬をスと伝い落ちた。

成瀬さんから視線をはずしたら、電車が走りだした。

さようならという言葉は、くちにしなかった。

電車を乗り継いで最寄り駅に着くと、歩いて家まで帰った。

俯いて地面しか見ていなかったので、「お、やっと帰ってきたな!」と声をかけられても、

自分への言葉だと気づかなかった。

顔を上げたら、アパートの下に野宮さんがいた。手を振って、駆け寄ってくる。

「電話したのに連絡くれないんだもんよ～。まだ怒ってるのかと思って、謝りに来たよ～ん」

「……べつにいいです」

「うわ、なにそれ。すげえ不機嫌そうじゃん～……ごめんってば！」

「忘れました。帰って。ひとりにしてください」

「うっ……ねえ、ごめんね。悪かったよ。許して？　ね？」

僕は喉の痛みを堪えて声を出し、精一杯優しく宥めているつもりなのだが、言葉が短く切れるせいで野宮さんには冷たく感じられるようだった。野宮さんが僕の顔を覗き込み、僕は見られたくなくて顔をそむける。拒絶だと勘違いした彼は僕の肩を摑んで強引に向かい合わせた。

「な～……来週帰るからその前に仲直りしたいんだよ。こんなふうに別れたくないからさ」

「本当に、怒ってないんですよ」

「二年も一緒に仕事したんだぞ？　最初は生意気なガキだと思ってたけど、俺はおまえが可愛いの！　仲直りしてください、お願いします！　……最後ぐらい笑顔で別れよう、な？」

野宮さんが僕の頭の上に手を置いて髪を搔きまわした途端、成瀬さんと別れた瞬間の、底のない痛みへ落下してゆくような感覚が蘇ってきて、とうとう目から涙が流れ出した。

「えぇっ。ここで泣くのかよっ」

「……すみません。そんなつもりないんですけど、苦しくて」

「なんだよ、おまえも寂しいんじゃないかよ～！　嬉しいなあ、へへへ」

「いえ、そういうわけじゃ」

「おい否定すんな」

涙を止めようと思うのに成瀬さんの笑顔が頭から消えず、ぱらぱらこぼれて止まらない。目を押さえて身を縮めたら、野宮さんの困っている様子が伝わってきた。

「まいったな、放って帰るわけにもいかないじゃないか」

「いいです。野宮さんも気をつけて帰ってください。すみません。さようなら」

「ばか、ンなことしたら心配で眠れなくなるだろうが。ったく……」

するとと僕の背中に手がまわり、ハッとした瞬間、野宮さんに抱き締められていた。

「……ありがとうな、本当に嬉しいよ。まさか泣くほど哀しんでくれるとは思わなかったし」

「やめてください、違いますから。野宮さんと別れるのは、べつに哀しくないです」

「えぇぇぇえぇ……」

僕が容赦なく押し剝がしたら彼は混乱し、肩を竦めてから僕の背中をポンポン叩いた。

「ンン～……だったらなにが哀しいのか、聞かせてちょうだいよ」

……しばし押し問答したものの野宮さんに帰る様子はなく、突然泣いて困らせたし、別れの挨拶もしなければいけないしで収拾がつかないから、結局諦めて家へ招いた。

顔を洗って野宮さんに紅茶を出し、コタツへ入ると、僕もなんとか落ち着いてきた。

野宮さんは厳しい顔で「さあ、なにがあったのか話してみ」と詰め寄る。プライベートなことだからと渋ったのだが、

「俺気づいちゃったんだけど、たぶんあの人が原因だろ? この間ここに来た〝常連さん〟。酔っぱらっててもおまえが異常に懐いてたのはわかったし、珍しいなーと思ってたんだよ」

こう攻められて、項垂れた。……野宮さんは僕の夜のバイトのことも成瀬さんの顔も知っているのだ。そう思うと色んな重圧を一気に手放したくなって、僕はつい、早口で成瀬さんとの馴れ初めを打ち明けてしまった。

絞り出すように、吐露《とろ》する。昨夜と今日の出来事まで話し終えたら、野宮さんはテーブルの上の紅茶のカップを両手で持ったまま僕を睨み、唇を尖らせた。

「……ふぅん。理由はだいたいわかったけど、納得いかない部分がたくさんあるな。なんで告白を断ったんだよ」

「断るべきだから断りました」

「でもおまえも好きだったんだろう?」

「成瀬さんみたいな人、僕とつり合うわけがない」

「こら。俺は好きだったんだろって訊いてるんだよ」

僕がくちを結ぶと、野宮さんは腕を組んでハアとわざとらしく大きな溜息を吐き捨てる。

「そもそもつり合うとか、おまえが決めることか？」

「僕は色んな人に抱かれました。触れと言われればどんなところでも触りました。舐めろと指示されればどこでも舐めました。開けと命令されてどこまでも見せました。飲めと叩かれて、毎日飲みました。佐藤店長に抱かれて、名前を呼び続けました。そういう人間なんです」

「え、店長⁉」

「僕はあの人に身体を舐められても勃起したし、挿入されて〝気持ちいいか〟と訊かれ〝気持ちいい〟とこたえたんです。……野宮さんだって恋人にそんな過去があったら嫌でしょう」

「あの人がおまえのバイト先知ってたのって、そういうことかよ……優しそうな顔して、えげつねえな……」

　僕は俯いた。野宮さんの中でも自分が汚れたのがわかった。息苦しくなって、自分が愚かしくて、成瀬さんが恋しくなった。

　野宮さんがテーブルの上に腕を置いて僕に近づく。

「なあ……そんでも彼は好きって言うんだから、消極的になんかならないで素直に喜べばいいじゃないか」

「あの人は、もっとあの人に相応しい人と結ばれるべきです。僕が甘え続けていい人じゃないんです」

　うーんと唸った野宮さんは、右手で後頭部をガリガリ掻いた。それから紅茶をひとくち飲んで、うんざりしたようにまた溜息をハアァとこぼした。

「俺、嫌いなんだよなあ、そーいうの。悩むのはわからんでもないけど、好きなら一度付き合ってみろ。付き合うっていうのはな、一緒にいられるかお互いがお互いを見定める期間なんだよ。その間に別れる可能性なんていくらでも出てくるんだから、もし彼がおまえのことを汚いって言って拒絶したら、納得して別れればいいだろ？」

「そんなのただの遠まわりです」

「遠まわりしなきゃ見られない景色だってあるんだよ」

僕は野宮さんの脳天気な言い分に苛立って、思わず声を荒げた。

「成瀬さんが苦しむのをわかっていて、自分の幸福を優先しろって言うんですか⁉　僕はばかだったんです！　後悔することも予測せず身体を売った自分を、戒めるべきなんです！」

「苦しむったって、おまえが誰にどんなことされたかなんて細かく教える必要ないだろ」

「どちらにしろ、あの人は僕と抱き合うたび僕がされたことを想像して執拗に気づかって心を痛めるに違いないんです！　何遍も思い出して胃が壊れるまで自分を犠牲にするはずです！」

「愛されてるってことじゃないか」

「簡単に言わないでくださいっ。僕には苦痛です。成瀬さんが可哀想です。好きだから辛いです。……成瀬さんならきっと恋人が出来ます。綺麗な恋人が出来ます。野宮さんだって汚れたものより綺麗なものが好きでしょう」

「は？　ンなこと言ってねえだろうがっ」

「言わなくたってわかりますよ！」

「俺はずっと心配してたろ⁉　店長の話を聞いたって、おまえじゃなくて店長の腹ン中の方が汚ねえと思ったよ！　だいたいクリスマス前の平日の夜にわざわざ大阪からチキン持って会いに来るって、どんだけ愛されてンだよ。そんな男の気持ちをおまえは信じてあげないわけ？どうせ自分に疲れて捨てるんだって決めつけて、逃げて自分を庇うわけ⁉」

僕は拳を握って頭を振った。違う、違う！　信じなかったんじゃない！

「僕は、成瀬さんの幸せをっ、」

「わかれよ！　彼はおまえと付き合うのが幸せだって告白してるんだよ、おまえが守ろうとしてるのは彼の幸せじゃないんだよ！　おまえ自身なんだよ！　自分が可愛いだけなんだよ！」

涙が指輪の上に落ちた。野宮さんの言葉が突き刺さって、身体の底から激痛が走り抜けた。

「泣くなよ。おまえに泣く権利はないんだぞ！」

成瀬さんがくれた別れ際の〝愛してる〟という告白が響いて傷に沁み込んだ。

養母の電話に苛立ち、闇に呑み込まれる寸前、救い上げてくれた腕の感触が蘇った。

……なら、僕が守ったのが、僕自身だったというのなら、

「やっぱり……こんな身勝手な僕と、成瀬さんは別れてよかった」

成瀬さん、と呻いて頭痛に軋む頭を抱えた。

野宮さんは呆れたように「ばーか」と僕の肩を小突いてから背中をさすってくれた。

「ったに。……彼の住所も電話番号も、知らないんだっけ？」

「……わかりません。今更、会えません」

「ふざけんな。なんかあてはないのか!?　会社名とか、マンション名とか、思い出せよ！」

「……。店が会員制だったので、昔の住所なら、わかるかもしれませんけど」

「十分手がかりになるだろ、行ってこい！　それでもし駄目なら俺が責任取ってやるから！」

「いらないです」

野宮さんが「ひでえ！」と抗議して、吹き出した。

僕は涙を拭って息を整えた。とにかくこれ以上人に迷惑をかけるのが嫌だった。

「……すみません。野宮さんに別れを言うはずが、変な話を長々聞かせてしまいました」

「変じゃねえよ。おまえのこと身近に感じられて嬉しかったよ。けど俺の言い分も真剣に受け止めて考えろよな？　相手の幸せを勝手に判断すんな。ガムシャラに探せ。お互い地球のどっかにいるんだから、頑張りゃ絶対会えンだろ。じゃなきゃ俺は実家に帰らねえからな！」

彼らしい無鉄砲な一言が心に広がった。泣きすぎて痛む頭が、意識を朦朧とさせる。

……つい数時間前まで成瀬さんと一緒に眠っていた寝室のベッドに、ガラス戸から入る白い日差しが降りていた。

4　アイの告白

野宮さんの言葉を反芻《はんすう》して数日煩悶《はんもん》した末、僕はあの店へ出かけていった。

店内へ入ってカウンターにいるオーナーに近づくと、彼は僕の姿を見つけて目を見開いた。

「久しぶりじゃないか。元気にしてたか？　……そうそう、白シャツの彼とはどうなった？」

「お願いがあります。成瀬さんが登録していた住所を教えてください」

「はあ？」

オーナーは訝しげな顔をしたが、僕が事情をかいつまんで説明したら、右手でこめかみを押さえ、渋々会員リストを出した。溜息をついてページをめくりつつ、ダルそうにこぼす。

「おまえが、あの人の予約が入った日に辞めるって言いだした時から、こりゃなんかあったなあとは思ってたけど……面倒くせえなあ、マジで」

「すみません」

「相変わらずお返事だけはいいデスネ」

ところがオーナーは愚痴りながらページをめくる手を止めると、そこに挟んであった小さな紙片だけ一枚取り、こちらへ差し出した。僕が手をのばすと、すっと横によけて睨んでくる。

「うちはハッテン場じゃねえんだよ。店員と客の恋愛なんか厳禁だ。二度と来ンなよな！」

厳しい声で吐き捨てたオーナーはメモを乱暴に放った。ヒラヒラと床に落ちた紙片を、僕はしゃがんで拾った。見ると、そこには携帯電話の番号と、大阪市と記された住所が。

「どうして」

「あの人がおまえの居場所をしつこく訊きに来てた時、なにかわかったらそこに連絡くれって置いてったんだよ」

「……そう、だったんですか」

「転勤したあともわざわざ大阪から来て、真面目な顔して〝一生分の恋をした。別れの挨拶だけはしたい〟だとよ。正直、引いたわ」

毒づきながら机の上に足を投げ出して組み、「男同士の恋愛なんて興味もねえ」とうんざりするオーナーが、今は優しく思えた。なんだかんだ言って、この人は必ず助けてくれる。

「……ありがとうございました」

「うっせえクソガキ」

電話が鳴ってオーナーが受話器を上げ、瞬時に「はい、お世話になっておりますー」と声音を変えた。予約が入ったようだ。媚《こ》びた笑いで対応するオーナーをぼんやり見ていたら、彼はまた僕を睨んで、手で〝しっし〟と追い払う仕草をした。頭を下げて、僕は店をあとにした。

その後、駅へ向かって大阪行きのチケットを購入した。平日の夜に行くのは迷惑だろうと考え、明日金曜日の夜、バイトを終えてから行く予定で時間を決めた。

家へ帰ってテーブルの上にチケットを置き、眺めていると、野宮さんから電話がきた。

本当に実家へ帰らず坂下さんの家へお世話になっていたらしく、僕が成瀬さんのところへ行く予定だと報告したら、自分のことのように喜んだ。

『ほ〜ら、俺の言った通りだったろ！　あ〜、もう俺天才かもしらん。惚れ惚れするわ〜』

「声、うるさいです」

彼の自画自賛をひとしきり聞き流して電話を切ると、僕はチケットを持って寝室へ移動した。ベッドに腰掛けて〝新大阪〟という文字を指先でなぞり、息をこぼす。

月明かりがガラス戸から入って、室内を蒼く染めていた。窓のカタチの光が床にのび、僕の脚の影が黒く浮かんでいる。

ふと本棚に視線を向けたら、詩集の横にある本に目を奪われた。クローバーの表紙の本だ。立ち上がって手に取り、めくってみると、あの雨のシーンと自分の心情が、静かに重なった。

会いに行けば今度こそ、成瀬さんは僕を嫌うかもしれない。でも僕を叱ってくれた野宮さんや、幸せな時間をくれた成瀬さんに対して誠意を示すためにも、自分の頑なな心を砕いて、正直な想いを告げようと思った。

あんなに懸命に告白をしてくれたのに、僕は少ない言葉で拒絶しか返さなかった。

彼が恋を悔いて自分を責めても、彼の幸福のためだと嘯《うそぶ》いて自分を守り、くちを噤んだ。

臆病なのは成瀬さんじゃなく自分だった。その狡猾さをすべて、晒すべきなのだ。

……柴犬が鳴いている。明日も寒い日だと、天気予報で見た。成瀬さんが凍えないといい。

翌日は、雪が降った。カーテンを開けると近所の家の屋根が真っ白で、空から柔らかそうな雪がふわふわ舞うように降り続けていた。

僕は傘をささずに歩こうと決めて、バイトへ出かけた。天気予報通り、寒さの厳しい一日だった。お客さんも皆、両手の指を擦り合わせながら店へ入ってくる。

店長夫婦に「今日はおしるこを作ったから、食べて温まりましょう」と誘われて食べていると、テレビから〝大阪も大雪で大変です〟と、流れてきた。食べかけのおしるこの向こうに、成瀬さんの赤い頬と鼻先が見えた。

夕方、バイトを終えて駅へ向かう途中、文房具店へ寄った。商品を物色して迷った挙げ句、犬と猫のチャームがついた、シルバーのブックマーカーを選んだ。

レジに行くと坂下さんがいて、「芹田君、いらっしゃい」と笑顔で対応してくれた。僕はプレゼント用の包装をお願いして、坂下さんは笑顔で頷く。

「そう、野宮の奴、やっと実家へ帰ったよ。毎日、芹田芹田って騒いでて、呆れたわ」

「……え。すみません。坂下さんにまで迷惑をかけて。野宮さんに、今度注意しておきます」

「ああ、いいのいいの。突っぱねたら、余計追いかけてくるかもしれないよ」

「かといって、僕は懐きたいわけでもないんですが」

坂下さんが吹き出して、おかしそうに笑った。僕は坂下さんの笑い声を聞きつつ、彼が器用に商品を包み、リボンをつけてくれる様子を見守った。

人との会話を、温かく感じる。成瀬さんと出会うまで、こんなこと一度もなかった。

今は、他人が内に秘めている優しさに気づき、ゆっくり呼吸することが出来る。彼が僕の中に残してくれた温もりの欠片が、身体の奥で揺れるのを感じた。

「たぶん芹田君は年上に好かれるタイプなんだろうね。野宮はちょっと異常だけどさ」

それから文房具店を出ると、僕は成瀬さんと一緒に歩いた、東京駅までの道のりを辿った。二度も彼を見送った新幹線が来て、自分が乗ってみると、心ににわかな緊張が広がった。

窓の外を流れる景色には、まだ雪があった。大阪へ着いても降りやまず、ホームは濡れた傘を持つ人で溢れ返っている。雪の雫をよけて懸命に歩き、迷いながら電車を乗り継いで、一時間後、やっと成瀬さんの家がある街へ着いた。

賑やかな繁華街をそれて奥へ進むと、夜道の隅では街灯の白い光の下だけ、雪が光の粒になって輝いていた。足下の雪は踏み潰されて黒く汚れ、歩くたびにビシャと音を立てる。

それらしいマンションが見えてきて、僕はかじかんだ掌に息を吹きかけた。

痛いの痛いの、飛んでいけ。

心の奥で唱えて、ブックマーカーが入った袋を握り締める。

マンション名を確認し、自動ドアを通ってエントランスホールへ入ると、パネルのボタンで部屋番号を押してチャイムを鳴らした。……でも応答がない。腕時計に表示された時刻は、九時十分前。

もう一度外へ出て、成瀬さんはどちらから来るのか、周囲を見まわしたら、右側の通りの向こうに、青い透明の傘をさしてとぼとぼ歩いてくる、紺色のコート姿の男の人を見つけた。規則的に並ぶ街灯の光に触れると、コートの肩先に沁み込んだ雪が星屑のように輝いた。俯いた顔には眼鏡。後頭部のあたりに、鳥の尻尾のようにはねた寝グセ。

僕は地面を蹴って駆け寄った。雪が目に入って頬にぶつかって、痛かった。

「成瀬さん」

風の音に負けないよう、痛む喉をおして呼びかけたら、彼はピタリと立ち止まった。

ジジ、と街灯が音を立てて瞬いた。顔を上げた彼は僕を見つけて、目を見開いた。

「あ……藍クン……」

耳を撫でたばかりの彼の声が心に溶けて、僕の視界を燻らせた。

成瀬さんがここにいる。眉間にシワを寄せて、驚きと困惑を混ぜた複雑な表情で立ち尽くしている。身体が濡れて髪も湿っているのに、凍えているであろう指先がなぜか温かく見えた。

「……あの、」

気を抜けば、途端に意識が真っ白になる。精一杯頭を働かせて、僕は肩にかけていた鞄から本を出し、差し出した。

「これを。……返しに、来ました。借りていた、本です」

「え」

クローバーの表紙に、雪が落ちた。

成瀬さんは本と僕の顔を交互に見てしばらく沈黙していてから、そのうちのろのろと右手を上げて、本に触れた。

親指が、本に落ちた雪を踏んで溶かした。

「ありがとう……ございます」

「はい」

本から手を離して、僕は頷きながら俯いた。かさ、かさ、と雪の積もる音が足元で鳴った。

「あ、あと、これも。プレゼントです。ブックマーカーです」

「え……ぇ」

忘れたらいけない。持っていた袋を突き出して、彼の手に押しつけた。

「使ってくれたら、いいです」

「……は、ぁ」

風に舞う雪が身体に当たると責められている気がして、なぜか急に、怖くなった。

成瀬さんの顔を見たいのに、黒く汚れた雪を踏む、靴しか見られない。

「……藍クン。このために、わざわざ大阪へ、来てくださったんですか」

「そうです」

僕は思わず、一歩後退った。もう一歩、退いた。

「寒いので、温かく……寝てください」

「藍クン」

「美味しいものを、食べて……身体、大事にしてください」

成瀬さんと食べた、チキンとポークステーキを想い出した。

ベッドで彼の背中をマッサージした夜の、最後のキスを想い出した。

目の奥に刺激が走って、胸が酷く痛んだ。

成瀬さん。……成瀬さん。

「ごめん、なさい。嘘です。……本だけじゃ、ないです。話、あります」

触れられない、彼が苦しいほど遠くて、喉が詰まった。

白い雪風が、少し強くなって僕を突いた。

散りゆく雪を掴むようにそっと、顔を上げて視界の中に彼を捉え、くちを開いた。

「成瀬さんはあの夜、人を嫌うのは罪を犯すようだと、言いましたけど……僕は、本当は恋をしました。……罪を、犯すように」

成瀬さんは表情を消して、本とブックマーカーを持つ手を下げ、傘を閉じて僕に近づいた。

「でも僕は、人間が怖くて……他人を、思いやるのが下手な、駄目な、人間なんです。それに夜のバイトで、たくさんの……お客に裸を、晒して。嬲られても平気だった、汚い、人間で。……貴方に相応しく、なくて、それで、」

「相応しくない……？　どういう意味ですか」

「言葉の、通りです。僕は、人を好きになったら、駄目なんです。資格が、ないんです」

「資格？」

「成瀬さんに、好かれていい人間じゃ、ないです。だから、」

雪が屋根から落ちる音に交じって、成瀬さんの溜息がこぼれた。その冷たい溜息が僕の腕や脚に巻きついて重たくのしかかり、感情を一瞬で凍らせた。

「……なら、藍クンは僕とどういう関係でいたいんですか。恋人になるのが嫌なら、これで、もう一度さよならですか」

僕は目をきつく瞑った。

「僕が藍クンに会いたくてまた行ったら、おうちへ泊めてくれるんですか。触れるのは駄目なんですか。キスをしたくても、抱き締めたくても、駄目ですか。指先を繋ぐのすら、我慢しなくてはいけないいんですか」

微風が雪の冷気を巻き込んで流れ、頰を刺す。透明で鋭い空気が、胸を射る。

「もし僕が、耐えきれずに藍クン以外の人を好きになったら……僕達は、どうなりますか」

彼の赤い指先と、厳しい瞳を見つめた。……だとしても、貴方に幸せになってほしい。ずっと想い続けた一言を言えばいいだけなのに、歯が不器用にぶつかるだけで、声が出ない。

溶けて水になった雪が、ぱたん、ぱたん、と落ちて水たまりへ波紋を描く。

街灯がまた、ジジジと点滅する。

「……こたえて、くれないんですね」

成瀬さんは視線を下げて俯くと、再び息をついて持っていた傘を僕の手元に差し出した。

戸惑いと焦りを抱いたまま僕が反射的に傘を受け取ると、僕の目を見て苦しげに微笑み、

「すみません、困らせてしまいましたね。……わかりました。藍クンも、美味しいものを食べて、温かくして寝てください。……気をつけて、帰ってくださいね」

彼は横を擦り抜けて去っていった。目の前に寒くて暗い雪道だけが広がった。

成瀬、さん……。

行ってしまう。……行ってしまう。

『今日は藍クンと雪を見たくて来たんですよ』

『藍クンといる時間だけはとてもラクです……自分が呼吸をしているんだと、理解出来る』

『愛してる、藍』

こんなふうに。こんなまま。

貴方が。また、消えてしまう。

「いたいです！　一緒にいたいっ……成瀬さんと、一緒にっ、」

身を翻して、咄嗟に成瀬さんの背中にぶつけた。

彼が足を止めた途端我に返り、その衝動を、僕はすぐに悔いた。

「ちがっ。……う、嘘、です。成瀬さん、ごめんな、さ……」

彼の湿ったコートの背が、粉雪にさらわれて滲む。ふいに僕の目から涙がぼろとこぼれた。

振り向いた成瀬さんは苦渋に満ちた表情で僕を睨み、貫いた。

ほろほろ落ち続ける涙が、雪と共に地面へ沈んだ。成瀬さんが早足でこちらへ戻ってきて、怖くて恋しくて、嫌われるのが哀しくて、ごめんなさい、と壊れたように繰り返していたら、正面へ立った彼は僕の頬に左手を寄せ、軽くぱちと叩いて互いの額を合わせた。

「ばかですね、藍クンは本当にばかですね！　僕は怒りましたよ、もうカンカンです……！」

呻くように声を絞り出して叱りながら、僕の後頭部を引き寄せて胸に抱く。

彼の冷たい指にある温もりを感じて、僕は唇を噛んで掌を握り締めた。

「僕は今ここにいる藍クンが好きですし、綺麗か汚いかなんて、どうでもいいんです！　大事なのは、それが藍クンである事実なんです！　たとえ泥だらけだとしても、藍クンなら、躊躇なく僕は抱き締めます！　愛しく想います！」

「泥なんかより……僕は、もっと、汚いんです……」

「確かに嫉妬はします。けど僕はあの店で藍クンと出会いました。藍クンがあそこで働いていなければ出会えませんでした。全部否定することも出来ないんです！」

ふいに成瀬さんの香りが鼻先を掠めて、彼の両腕が僕の身体にまわり、ゆっくり縛り上げていった。彼の肩先にあった雪が、頬に溶けて冷えた。

「愛情を育むには身体の美しさなど問題じゃなんです。痛みを分かち合えるかどうかが重要なんです。……あの夜のように藍クンが泣きたくなった時は、他の誰かじゃなく僕に縋ってほしいです。一緒に背負わせてほしいんです。藍クンが弱さを見せられる存在になりたいんです」

大粒の涙が視界を覆い、街灯の光と白い雪が透明に滲んで、群青色の夜空が揺らぐ。

閉じていた僕の心に、成瀬さんの指先が触れて熱を灯した。

額に落ちる、雪までが痛い。

「……僕は、人付き合いも、下手です。無意識に人を、傷つけます。普通じゃ、ないんです。貴方を傷つけて、負担になる自分しか……見えないんです」

「なにより非常識な僕をあっさり受け入れて包んでくれたのは藍クンでしょう？　負担だなんて思いません。藍クンがいてくれなかったら、僕は永遠に自分を嫌悪したままだったんです。……藍クンを抱き締めて、いっぱいくちづけたいです。手を繋いで、一緒にどこまでも行きたいです。会うだけなんて、張り裂けそうです」

身体を離した成瀬さんが、真剣な瞳で訴えた。

白い吐息が僕達の唇から洩れて、絡み合った。

「……幸せにしたいと願うことから、幸福は始まります。僕は藍クンを幸せにする努力をします。藍クンは嫌ですか？　遠くから祈るだけの方がラクですか」

「幸せにしたいです。僕も、貴方を支えられたら嬉しいです、けど……っ」

「ならそうしてください。今の一言でも、僕は気を失いそうなほど幸せになりました。本当です。大丈夫」

「下手かもしれないですっ。上手く、幸せに出来ないかもしれないですっ。努力しても、貴方をたくさん傷つけて、やっとひとつ幸せを返せるような、無駄な失敗を、繰り返すかもしれないです……っ」

「構いません。どうぞ傷つけてください。藍クンがくれる傷なら、僕は嬉しいです。ひとりじゃなく、ふたりでいる証拠なんですから」

成瀬さんは幸せそうに微笑むと、僕の頬を包んでさすった。

彼の熱に閉ざされて、逃げ道が遠くへ押しやられてしまった。

親指で彼が涙を拭ってくれると、灰色にぼやけていた視界が鮮やかな色彩に満ちて、雪の香りの透明な微風が僕達を包むのがはっきり見えた。

「もう離しませんよ。……聞かせてください、藍クン。僕と恋人になるのは嫌ですか」

手をのばしたい。成瀬さんに届きたい。

僕も彼を想って傷つく幸福に、身を委ねたい。

彼の冷たいコートを握り締め、僕は自分の耳を覆う大きな掌に頬を擦り寄せた。

「成瀬さん……、」

——……初めてくちにした告白は、雪の音にすら消されてしまいそうな、小声になった。

「……好きです」

＊＊＊＊

「野宮さん、こんばんは」

『おお！　芹田じゃん、いきなり電話なんて、どうした⁉』

「ひとつ、頼みたいことがあります」

『なんだ、おまえから頼み事なんて〜。いいよ、なんでも聞いてやるから、言ってみ〜？』

「坂下さんに、迷惑かけないでください」

『あぁ⁉　なんだそれ。坂下がなんか言ったのか？』

「坂下さんは悪くないです。野宮さんに、坂下さんに僕の話をして迷惑かけるのを、やめてほしいんです。僕のことはもう放っておいてくれて、いいですから」

『迷惑だあ？　……つか、放っておいていいってなんだよ。会いに行って解決したのか？』

「……。……まあ」

『まあってなんだよ、まあって！　照れちゃってコノ！　コノコノ！』

「プライベートです」

『ばっか野郎！　相談に乗ってやったんだから言え！　ほら言え！　さあ言え！　ぎゅ〜っとしてちゅ〜っとしたか⁉　なあなあなあ〜。いっひひひ』

＊＊

『おい！　切るなよ！』

「かけてこないでください」

『切られたらかけるだろ！』

「拒絶に気づいてほしいです」

『おまえ可愛くないなホント〜……。感謝ってことを知らないのかよ、まったく。俺がいなかったら今頃まだしくしく泣いてたクセによ〜。お兄ちゃん寂しいよ、トホホだよ』

「……おにぃ……」

『俺みたいな兄貴がいたらよかったろ〜？』

「……。……難しい質問です」

『失礼だな。俺の弟に謝れ』

「弟さんごめんなさい」

『ははは』

「……。ありがとうございます、野宮さん。感謝、します」

『お、おう。……なんか感謝されると、それはそれで寂しいな。弟が嫁に行く気分だな』

「嫁ってなんですか」

『ところでおまえ、この番号って携帯電話？』

「あ。……そうです。なんでわかったんですか。かけなおしてこられたのも、なんで」

『携帯電話はコールしたら相手のとこに番号が表示されるんだよ。知らないのか？　表示したくない時は、番号の前に１８４って入れないと駄目なの。イヤヨ、だよ』

「え」

『やっと携帯電話買ったんだな。登録しておくな！』

「やめてください。登録しないで」

『はい？』

「携帯電話は、成瀬さんとだけ繋がっていればいいです。外にいる時にまで野宮さんに頻繁にコールされたら、堪らないです。今後、野宮さんにはイヤヨします」

『おい！　待てコラ、バカップルが！』

「声うるさい……。今から成瀬さんと外食なので、もう切ります。電話しないでくださいね」

『あのなっ』

「おやすみなさい。……お兄ちゃん」

温かい白日

新幹線の振動が、体内に燻る疲れと気怠さをなぞっていた。耳につけたヘッドフォンからは柔らかい歌声が鼓膜を撫でて、意識を眠りへと誘う。うっかり目を閉じたら、瞼を支えていた緊張が一気に緩んで心地良さが広がった。前髪が額をくすぐる感触が、優しい指先のように感じられた。

首の力が抜けて頭がカクと傾いた瞬間、車内に、あと数分で駅へ到着する、とアナウンスが流れた。ハッと姿勢を正して眼鏡のズレをなおし、僕はヘッドフォンをはずして鞄の中にしまった。左手で髪を梳いて寝グセを整え、席を立って座席と座席の間を進み扉の前まで移動する。揺れに体勢を崩さないよう、扉の横に寄りかかって立った。窓ガラスの向こうに流れる景色が視界を掠めた。ほっと息をついたら、ふいに胸ポケットの携帯電話が震えだした。確認すると、藍クンからのメールだった。

――『今、東京駅に着きました』

文字を読んでいるだけなのに、声になって胸に響いた錯覚を抱く。自分がおかしくて心の中で苦笑しつつ『僕ももうすぐ着きます』と返信をした。

藍クンと恋人になって一月《ひとつき》半。遠距離恋愛だから互いに都合のいい週の、金曜の夜から日曜の夕方までしか一緒にいられない付き合いだが、僕には贅沢なほど濃密なものだった。

動物園にも水族館にも行った。明日は車をレンタルして箱根《はこね》までドライブする予定だ。なにを食べてどんな話をして、いつまで海を見てどこで夜空を眺めよう。想像するだけで幸せだ。

『改札口のところにいます。はやく会いたいです』

　再び藍クンからメールが届いたのと同時に、新幹線の速度が落ちてゆっくり停車した。扉が開くと僕はすぐにホームへ降りて改札へ向かい、待っていてくれた藍クンに手を振った。

……電車とバスを乗り継いで藍クンのアパートへ向かう途中、コンビニでお菓子と飲み物を買った。藍クンはなぜか始終浮かない顔で、微笑みかけても溜息ばかりついている。

「……実は、野宮さんが帰ってるんです」

「ああ、藍クンのバイト仲間だった彼ですね、確か田舎へ帰郷していた。こっちのお友達が恋しくなったのかな。……藍クンの家に泊まるんですか？」

「いいえ。ちゃんと〝来るな〟と言っておきましたが、野宮さんのことだからどうだか……」

「会える機会は大事にした方がいいですよ。どうせ僕達は明日、箱根へ行ってしまいますし。来たら迎えてあげましょう」

　赤信号で立ち止まったのと同時に、藍クンが無表情で僕の顔を見上げた。頷いて返したが、藍クンは視線を下げて俯いてしまう。……毎日電話して会える日を心待ちにしているのに少し冷たかっただろうか。不安が過《よぎ》ったら、藍クンは突然僕の手を摑んで指先を絡め、繫いだ。

　……遠距離恋愛の不安要素は会える回数の少なさではなく、離れている現実そのものなのだろう。藍クンと結ばれた時、僕は転勤したことを後悔したが、藍クンは遠距離であることも含め、僕といる未来を選択してくれたのだから、その分精一杯大切にしたい。

「藍クン、せっかくだから明日、箱根で一泊しましょうか」

「え」

「露天風呂つきの客室がある宿とか、きっとのんびり出来ていいですよね」

淡いライトが室内を薄暗く照らして、白い布団と障子が橙色に染まり、木々がさらさら風に揺れる静かな露天風呂でふたりきり……。想像するだけで頬が緩んだ。藍クンも大っぴらにはしゃぎはしないが、目を見開いて唇を引き結び、

「……行きたい」

とこぼし、僕の手を握る指に力を込めた。落ち込んだ雰囲気が、若干薄れた。僕は笑顔で頷き、藍クンの手を握り返した。

小旅行となれば心はさらに浮かれる。家へ着いてふたりで夕飯を作って食べたあと、それぞれお風呂をすませてから、僕は仕事用のノートパソコンを出して箱根の宿を検索した。

新しくて近未来的な外観の宿もあれば、安くて寂れた宿もある。どれも味があって藍クンとふたりで決めかねたが、部屋の名に色をつけている宿を見つけて〝藍〟とあったものだから、「ここにしましょう。ここがいいです」と、僕は喜んで即決した。藍クンが不満げに唇を歪めて赤くなっていたのが可愛かった。

……でも心なしか、やはり藍クンの様子がおかしい。

コタツに並んでお菓子をお供にＤＶＤ鑑賞し、十一時を過ぎても、溜息は消えなかった。野

宮クン以外の心配事があるのだろうか。

　藍クンの頭を抱き寄せて、僕はこめかみにくちづけた。

「もう寝ましょうか」

「……。はい」

　テレビを消して寝室へ移動し、眼鏡をはずしてベッドへ横になった。

　先に触れてきたのは藍クンだった。向かい合って、僕の右手を握り締めて擦り寄る。落ち込んでいるようだが甘えてくれるとなると、原因は……寂しさ、かな。

「藍クン、どうしたんですか。……離れているの、辛いですか」

　傍にいないと些細な出来事は伝え損なう。悩み事となればさらに〝せっかくの時間は楽しく過ごしたいから〟と隠しがちになる。それに、どうしても〝会いたい〟の一言が禁句になる。

　僕は藍クンが僕の経済面や体調を考慮して、我慢してくれている自覚があった。

「大丈夫ですよ。辛いことがあれば話してくださいね。必要ならいつだって飛んできますよ」

　藍クンが僕の胸に額を押しつける。僕は後頭部を掌で包んで髪に指を絡ませ、撫ぜた。見上げた藍クンは唇を噛んで今にも泣きそうな顔をしていた。哀しみが伝染して僕の胸も痺れた。

「成瀬さん……」

「なに……？　平気だよ、言ってごらん」

　繋ぎ合った手をきつく結んで、僕は藍クンの背中を大事に大事に撫でて、謝罪を届けた。

「藍クンは心を強くかためて、ひとりで頑張ってきたんですよね。……ゆっくりでいいから存分に、甘えてください。僕は店員と客でいた頃から、色んな話を聞きたかったんです」

弱さを胸の内に厳重に隠蔽《いんぺい》して孤独を盾に強くあろうとする藍クンは、とても硬派だ。僕はその姿に焦がれつつも、ふいに哀しみが滲み出る瞬間、掻き抱いて守りたくなる。

藍クンの右手に指を絡めて親指で指輪をなぞり、話していいよ、と頷いて微笑みかけたら、藍クンは瞳に残っていた躊躇いの色を蹴散らして、決心したように打ち明けた。

「僕が、望める立場でも、ないんですが……」

「望む?」

「成瀬さんが、キス以上のことをしないのが……気がかりだったんです」

思わず項垂れてしまった。……顔が熱いです。

藍クンは「僕はっ、」と縋るように続ける。

「僕は、もう、成瀬さんと離れられないです。嫌なら、しなくていいです。だから、傍にいさせてくださいっ」

「いえいえ、待って下さい。違います……。僕は藍クンが大事なだけです。遠距離だと会うたびに家へ一泊して、ただでさえ順序が崩れるでしょう? 心できちんと結ばれるまで、じっくり付き合いたかったんですよ」

「……。僕の身体に対して、嫌悪感を抱いているわけじゃないんですか」

「白シャツ靴下になってほしいなんて頼むような僕に、それは愚問でしょう……。藍クンは可愛いです。初めて会った日からずっと僕の特別な人です」

藍クンの心の空虚を埋めたくて、唇を塞いだ。奥にある哀しみを掬いたくて、今まで触れたことのない箇所まで舌を届けて吸った。こたえてくれる藍クンの喉から、甘い声が洩れた。

唇を離すと、僕は藍クンの上へ重なり、首筋へ顔を埋めて囁いた。

「……不安にさせてすみません。身体を結んだら、もっと藍クンの心の奥へ入れますか」

耳にかかった吐息に反応して藍クンが小さく身震いし、僕にしがみついて無言で頷いた。

「なら、我慢はやめます。……藍クンのこと、よく見せてください」

藍クンの指が僕の手をきつく握る。パジャマ越しでも身体が熱しているのが伝わってくる。絡み合う脚が焦れる。

僕の右肩に顔を押しつけている藍クンの髪を撫でてそっと離したら、目を潤ませて赤くなっていた。左の目元にくちづけたら涙の味がした。

「……泣かないでください。胸が痛みます」

頬を嚙んで舐めると、藍クンが身を縮めて頭を振った。

「違います、この涙は、違うんです。成瀬さんが、店へ来てくれていた頃のこと……思い出して。抱き締めてもらえる日がくるなんて……信じ、られなくて」

しゃべる藍クンの喉を唇で覆ったら、彼が息を呑んで弾けた響きがくち先に伝わってきた。

パジャマのボタンをひとつずつといて、愛しさのすべてが余さず届くよう、肌にくちづけつつ藍クンの腕や腰を撫でていると、「……温かい」と藍クンは涙をこぼして呟いた。

今まで経験した片想いの中で、藍クンは初めてこの手で触れた人だった。客として一時間抱き締めていただけだけど、手すら繋げない片想いより触れても届かない虚しさの方が遙かに辛く、僕は自分の指がどれほど無力なものか思い知った。自分の想いひとつで藍クンの世界の色を変えられたらいいのにと、欲を抱いた。

「僕も、恋が実るなんて考えたこともなかったです。……藍クン。生まれてくれて、本当にありがとう」

僕は藍クンに出会って初めて、自分を切り刻んででも逃げない恋をしようと思えたのだ。

「成瀬さ……そんなのは、僕のセリフです……僕のっ、」

桃色の乳首を吸うと、藍クンは横を向いて唇に右手の甲を当て、声を殺して呼吸を荒げた。無力だったこの手が藍クンに届いているのを実感し、僕は自分の指先や唇が存在する意味を持ったことに気がついた。

お腹を舌で撫ぜると藍クンはそれだけで身をよじり、小さく声を洩らした。藍クンが反応してくれると、僕の胸に藍クンの想いが届いてゴトリと動いた。

夜の静寂の元で羞恥や欲に愛情を含めてこっそり届け合うのは、ふたりきりで秘密を共有するような特別な至福感があった。藍クンが僕に身を委ねて、僕も藍クンに想いを晒して互いを支配し合う。僕は藍クンのもので、藍クンも、僕の両腕で抱き締められるすぐ傍にいる。

再び目を見つめたら、藍クンが僕の指を噛んで、舐めた。

「白シャツ、靴下じゃなくて……ごめんなさい」

切れ切れに囁いてイタズラっぽくはにかむ。僕は小声で「ばか」と笑って藍クンのズボンと下着に手をかけた。……爪先を通して落としたら、床の上でファサ、と微かな音を立てた。

「想像していた以上に、藍クンの身体は美しいです。どんな格好でも可愛いです」

目の前にパジャマの上着だけ身につけて仰向けになり、両手を顔の横に置く無防備な藍クンの白い身体がある。窓の外から入る街灯の光に淡く浮かび上がり、藍色の影がシーツを浸していた。暗闇の中でも、藍クンの頬が赤らんでいるのがわかった。

左手を藍クンの顔の横に置いて身体を支え、上から見下ろすと、藍クンの左目から涙がスと流れた。僕が右手で頬を覆って拭ったら、瞳に溜まった涙を揺らして微笑をこぼした。

「……好きです、恵一さん」

藍クンの掠れ声が電流になって全身を駆け抜けた。肌の上で幸福な余韻が消えずに痺れた。

好きな人が嫌な顔ひとつせず、自分のすべてを受け入れようとしてくれている姿が信じられない夢のような情景に思えてきて、唐突に泣きたい気持ちになった。幸福に裂かれそうだ。

上半身を屈めて藍クンの右耳を甘嚙みし、右手をゆっくり下ろして頬から首筋をなぞった。鎖骨を辿って胸を撫ぜてお腹をさすって、腰を覆う。

「僕も好きだよ、藍。……身体がふたつに分かれているのすら、もどかしい」

掌に伝わる藍クンの体温と肌の感触が愛おしかった。

僕は触れていない箇所がなくなるまで、時間をかけて丹念に撫で、唇で吸った。耳たぶも首筋もうなじも、背中も胸も、腕も指も、脚も爪先も、小さく震えて僕を求めてくれる欲望も。

「恵一、さん……っ。……恵一、さ」

やがて藍クンが駄々っ子のように頭を振って僕を呼んだ。胸を上下させて全身で大きく呼吸し、疲れきった弱々しい手で僕を手繰り寄せようとする。汗ばんだ額に髪が張りついて、瞳は虚ろで、唇は拗ねたように曲がっている。

「……もう、繋がりたい」

僕はその小さい唇を食べて舌の味を探し、藍クンの身体を静かに開いて、ふたりで描いた想い出の数々を振り返った。ホテルで会うたび、見送り続けた気丈で孤独な遠い背中が見えた。瞼を薄く開けると、藍クンはここにいる。抱き竦めて確かめて、そっと奥へ想いを沈めた。

——愛してる。……最初に心に浮かんだ一言は、それだった。

両腕を絡めて温もりの中で愛しさを注ぎ合いながら、僕達は吐息を洩らしてキスを続けた。想いを打ちつけるたび、藍クンの唇の端から甘い声が洩れた。吸い上げると、懸命に縋ってこたえてくれる。愛おしさが胸を圧迫して破裂し、粉々になった熱を藍クンの指は拾い集めて抱き留めてくれた。身体で会話が出来ることを、僕は学んだ。

そして瞑った目の闇の向こうに光が散ったのを見た瞬間、僕は藍クンを抱き締めて崩れた。身体中が軋む。空気を呑んで必死で呼吸を整える。徐々に熱が引いてゆくのに反し、至福感だけが迫り上がって僕達を覆い潰す。

息が出来るようになってきた頃、再び顔を上げて藍クンに微笑みかけ、

「もう不安にならなくていいです。……ずっとひとつです」

と囁いたら、藍クンは涙を浮かべて二度頷いた。

藍クンの指先が僕の前髪を撫でてくれた。僕はまた目を閉じると、ぼんやり考えた。

……次に新幹線の中で眠る時、僕はこの指を想い出すに違いない。

目を覚ますと、藍クンはすでに起きて朝日の中で僕を見つめていた。にこりと微苦笑を浮かべた頬が、乾いた涙で引きつってシワをつくった。日差しが降りている部分だけ、輪郭が溶けている。パジャマの隙間から覗く鎖骨が眩しい。

「……恵一さん、おはよう」

名字で呼ぶのも敬語をつかうのもやめて、急に照れてはにかむものだから、僕は思わず腰を抱き寄せてくちづけた。

「おはよう、藍……」

今日も可愛い、とこぼして唇をあむあむはむと、藍クンは肩を竦めて喉の奥で笑った。僕も笑って、向かい合ったまま互いの上唇や下唇をはむだけのキスを繰り返した。

「起きたら、身体中に恵一さんの痕があって、ちょっと驚いた」

「え」

身体を離して見下ろしたら、本当に藍クンの肌に赤い痕がぽつぽつ落ちていた。首筋にも喉元にも胸にも。

「ごめんね、痛い……？」

「ううん。嬉しい。……でも焦らすのは、とても苦しかった」

砕けた話し方にまだ慣れないのか、片言のようになる。そんな照れもあってか、藍クンは僕の胸に顔を隠してしまった。

「焦らしたんじゃなくて、丁寧に愛撫したつもりだったよ」

「……一時間近く舐めてた」

「全然足りない」

藍クンが僕の胸に顔を押しつけてぐりぐり擦りつけ、耳を赤くする。「痛い痛い」と降参して吹いたら、

「……嬉しかった。本当に幸せだった。……僕も、まだまだ恵一さんが足りない」

と、藍クンは涙交じりに言った。

白い日差しが、藍クンの黒髪を照らしていた。時々震える背中を幾度も撫でて、僕も愛おしさに耳を澄ませ、寄り添った。触れ合う肌から、互いの体温が浮かんで絡み合う。意識の隅に残っていた眠気が至福感と混ざり、目眩がする。

足りない。足りるはずもない。足りてしまったらそれはきっと、終わりの時だ。

「僕は一生、藍に飢え続けるよ」

……それから気怠い身体を起こしてふたりでシャワーを浴び、朝食をつくった。藍クンがパンを焼いて紅茶をいれ、僕はハムエッグをつくる。

ところが食事を始めて「くちの端にジャムがついてるよ」なんて、レモンジャム味のキスをしてじゃれていたら、ピンポンとチャイムが鳴り響いた。藍クンは不思議そうな顔をする。

「誰だろう」

「時間的に宅配便かもしれないね。藍がジャムまみれになる前に中断されてよかった」

「……。宅配便より、そっちの方がいい」

「冗談だよ……」

邪魔が入ったのが不愉快だったのか、藍クンはムとして立ち上がり、玄関へ向かった。僕はパンをひと囓りして……あっと我に返った。あまりに当然すぎて忘れていた。

藍クン、ちょっとその格好……！

「ふぁい、ひろひゃふ！」

藍、白シャツ！　と呼び止めたつもりなのだが、くちの中にパンがあるせいで言葉が粉々。咄嗟に立ち上がって追いかけたものの、藍クンはすでに扉を開けていた。

「おー、いたか！　おっはっよ……っておまえ、なんかすげえエロい格好してるな……」

来客者は野宮クンだった。僕は藍クンがこたえるより先に、背後から引き戻して右腕で胸に抱き竦め、隠した。

パンをむぐむぐ咀嚼《そしゃく》して愛想笑いする僕を、野宮クンは目を瞬いて見返している。

「お……おはよう、野宮クン」

「おう、成瀬さん〜。来てるって聞いてたけど、せっかくだからみやげだけでも渡そうと思って寄ったんだよ、邪魔だった？」

「いやいやいや、邪魔じゃないよ、全然全然！　でもちょっとだけ待っててくれるかな？」

容赦なく扉を閉めて、藍クンに「着替えておいで」と指示した。藍クンは焦りもせず、うんと頷いて奥へ移動する。寝室のドアが閉まったのと同時に、僕は野宮クンを招いてテーブルの前へ座るよう促した。この妙な焦りは、藍クンの身体を見せたくないせいなのか、白シャツ姿のせいなのか……。

「ごめんね、僕達ちょっと、えー……寝起きで」

「寝起き？　にしちゃ、朝食が綺麗に並んでますね？」

「……寝ぼけて、食べてて。ぼうっとしてて……」

なんの言い訳をしているのか、自分でもよくわからない。

野宮クンは脳天気な顔で「ふたりしてのんびりしてっからな～」とへらへら笑ってハムエッグをつまみ食いしたが、

「つか、芹田のあの格好って成瀬さんの趣味？」

だなんて、ものすごく察しのいい質問を、唐突にいとも簡単にしてきた。……平静を装ったつもりが喉が引きつれて、僕は「えぇっ」と素っ頓狂な声を洩らしてしまった。

仕方ない。ここはもう腹を括って、罵られる覚悟をするしかないか……。

「イヤ、その、藍クンは悪くなくて、つまりあの……、」

「俺もわかりますよ～、生脚白シャツって男のロマンですよねー」

「僕が変たぃ……。——え。ロマン……？」

「裸に白シャツ一枚が嫌いな奴なんていないっしょ。もしいたらソイツ絶対、変態だわ！」

……そうなの。あれ。なんだろうこのパアと光が差す感じは。

「野宮クンも好き……？」

「好きですよ。自分のシャツとかTシャツをぶかぶかに着てもらうのも、キますよね～」

「……。くる」

ゴクリと返答したら、僕達は揃ってペンと後頭部をぶたれた。振り向くと、うしろにジーパンをきちんとはいた藍クンが。

「ふたり共、中学生ですか。野宮さんはとっとと帰ってください。来ないでくれって頼みましたよね？　僕達はこのあと出かける予定なんで、邪魔です」

藍クンは野宮クンの首根っこを摑んで強引に引っ張り、野宮クンの抵抗を無視して「後日連絡します」とだけ告げると追い払ってしまった。戻ってきた藍クンはすまし顔で食事を続ける。

「な、なにもあんな乱暴にしなくても。……僕は今、彼のおかげでちょっと嬉しかっ、」

「恵一さんに僕も教える。僕はスーツ姿が好き」

「え。スーツ……でも、前は必ず脱いで待ってろって、言っていたよね……？」

「あの頃はお客の我が儘を聞くのが仕事だったから。僕が求めたら駄目だから我慢した」

「そう、だったの……？　どんなスーツが好きなの？　色とか」

「色やカタチには拘らないけど、好みのスタイルじゃないとなにも感じない。恵一さんは身長も肩幅も腰の細さも脚の長さも、全部好み」

……僕は友人との間で恋愛話を極力さけてきたので知らなかったけど、案外誰でも、心震える好みの服装があるものなのだろうか。卑猥なことだと決めつけるのは、極端だった……？

「じゃあ……箱根に、昨日着てきたスーツ、持っていこう、かな」

おずおず呟いて様子をうかがったら、藍クンは僕を横目で一瞥してからぷっと吹き出した。

……空気が紅茶の香りに染まる。

白い朝日の中で僕達は視線を絡め、その後しばらく笑い合った。

あとがき

初めての方、はじめまして。お久しぶりな方、おはようございます。朝丘《あさおか》戻《もどる》です。

自分の常識を、非常識だと考えてみよう。そう決めて、生活したことがあります。

花火が綺麗で好きです。でも別れた恋人を連想する人は、嫌いかもしれない。

海の蒼さが好きです。でも海辺で暮らす人は潮風で家電まで錆《さ》びるから嫌いかもしれない。

雪が美しくて好きです。でも雪の怖ろしい事故を知っている人は、嫌いかもしれない。

静寂が好きです。でも孤独が嫌いな人には、耐えられない恐怖なのかもしれない。

人の価値観はそれこそ人の数だけあって、その感覚を理解しないまでも、ただ感じようとしてみた時、初めて人を思いやれるんじゃないか。視野が広がって、自分の人間としての幅も広がるんじゃないか。吐き出せる言葉も、増えるんじゃないか。そんなふうに思ったのです。

そしてこの作品が生まれました。ひたすら温もりに浸りました。読んでいただくのもおこがましいぐらいに、どこまでも大切に、文字に、言葉に、心に、優しさと愛しさを貫きました。

麻生《あそう》さん。今貴方に言葉を届けるのは感謝だとしても酷く無粋なことに思えます。ただひとつ伝えるなら、私は貴方に足るような、届けるような書き手でありたいと常に思っています。好きです。またご一緒出来たことが、素直に嬉しいです。

そして、たったひとつ納得出来ずに葛藤しながら推敲《すいこう》を重ねるたび、私の心を丁寧に砕いてここまで導いてくださった担当Sさん。忙しい中幾度も読み返してくださった編集部の皆様。本当にありがとうございました。このお話の温もりは、皆様のお心も重なって、出来ています。

「透明感を大事にしよう」と細部まで尽くしてくださった、皆様の名誉のために公言しておきますが、触れられないものにもっとも興奮する、白シャツ好きな変態は私です。

他、この本の制作に携わってくださった方々にも深くお礼申し上げます。

長い間、暗闇の中を歩いていました。その間たくさんの方に迷惑をかけました。またこうして書くことを許され、読み手の皆様と作品の中でお話し出来た事実を、大変恐縮に思います。叶うなら、一時《ひととき》でも長く皆様とこの温かい感情を共有出来れば、幸せです。

……ページに余裕があるようなので、最後にひとつ小さなお話を書きます。

ふたりが出会う、数十分前のお話です。

「藍、予約が入ったぞ。初めての客だ。白シャツと、白の靴下だとよ。部屋番号は――」

待機室の隅で膝を抱えて座っていた僕に、オーナーが声をかけてきた。

白シャツと、靴下。僕は立ち上がって、ハンガーラックから制服用の白シャツを取る。

「シャツはともかく、靴下ってなんだかな？　〝靴下ですか〟って二回も確認しちまったよ。そうしたら客の男〝あ、ああ、ええ……はい〟だってよ。動揺してンの。ウケるわー。……裸エプロンでも靴下はいた方が興奮すンのかね、コイツは」

「名前は」

「成瀬恵一。気弱そうだったけど、おまえの客だからな。ベッドの上では豹変するかもな」

「わかりました」

「殴られたら連絡しろよ」

僕は「はい」と適当にこたえてシャツと靴下を帆布バッグの中に押し込み、待機室の出入口へ近づいて靴をはいた。オーナーは横でじっと睨んで「本当にわかってンのか」と毒づく。

無視をして早足で歩き、店の外へ出た。冷たい風が吹いて、肌の表面を撫でた。

なるせ、けいいち。なるせ。なるせ。……名前は柔らかそうだけど、〝すごく痛い人〟かな。

忘れないよう繰り返しながら、僕は灰色の地面を踏みしめ、彼の元へ急いだのだった。

朝丘　戻。

朝丘先生の御本の挿絵をやらせて頂くのは
二回目になります。
私にとって、先生とのお仕事は、特別な意味があります。
少しでも上達できた所を、見せられていたらいいのですが……

藍くんと成瀬さんが、これからずっと、やっと幸せに
生きていってくれることを切に願います。

描かせて下さって、本当にありがとうございました。

麻生ミツ晃・拝

ダリア文庫をお買い上げいただきましてありがとうございます。
この本を読んでのご意見・ご感想・ファンレターをお待ちしております。

〈あて先〉
〒173-0021　東京都板橋区弥生町78-3
(株)フロンティアワークス　ダリア編集部
感想係、または「朝丘 戻。先生」「麻生ミツ晃先生」係

❋初出一覧❋

君に降る白

2009年8月20日　第一刷発行

著者	朝丘 戻。 ©MODORU ASAOKA 2009
発行者	藤井春彦
発行所	株式会社フロンティアワークス 〒173-0021　東京都板橋区弥生町78-3 営業　TEL 03-3972-0346　FAX 03-3972-0344 編集　TEL 03-3972-1445
印刷所	図書印刷株式会社